한의 韓醫
스페셜
리스트

한의 스페셜리스트 12

가프 장편소설

초판 1쇄 찍은 날 § 2018년 12월 17일
초판 1쇄 펴낸 날 § 2018년 12월 24일

지은이 § 가프
펴낸이 § 서경석

총괄팀장 § 최하나
편집책임 § 이선근

펴낸곳 § 도서출판 청어람
등록번호 § 제387-1999-000006호
등록일자 § 1999. 5. 31
어람번호 § 제1-2984호

주소 § 경기도 부천시 부일로 483번길 40 서경B/D 3F (우) 14640
전화 § 032-656-4452 팩스 § 032-656-4453
http://www.chungeoram.com
E-mail § chungeorambook@daum.net

ISBN 979-11-04-91894-0 04810
ISBN 979-11-04-91658-8 (세트)

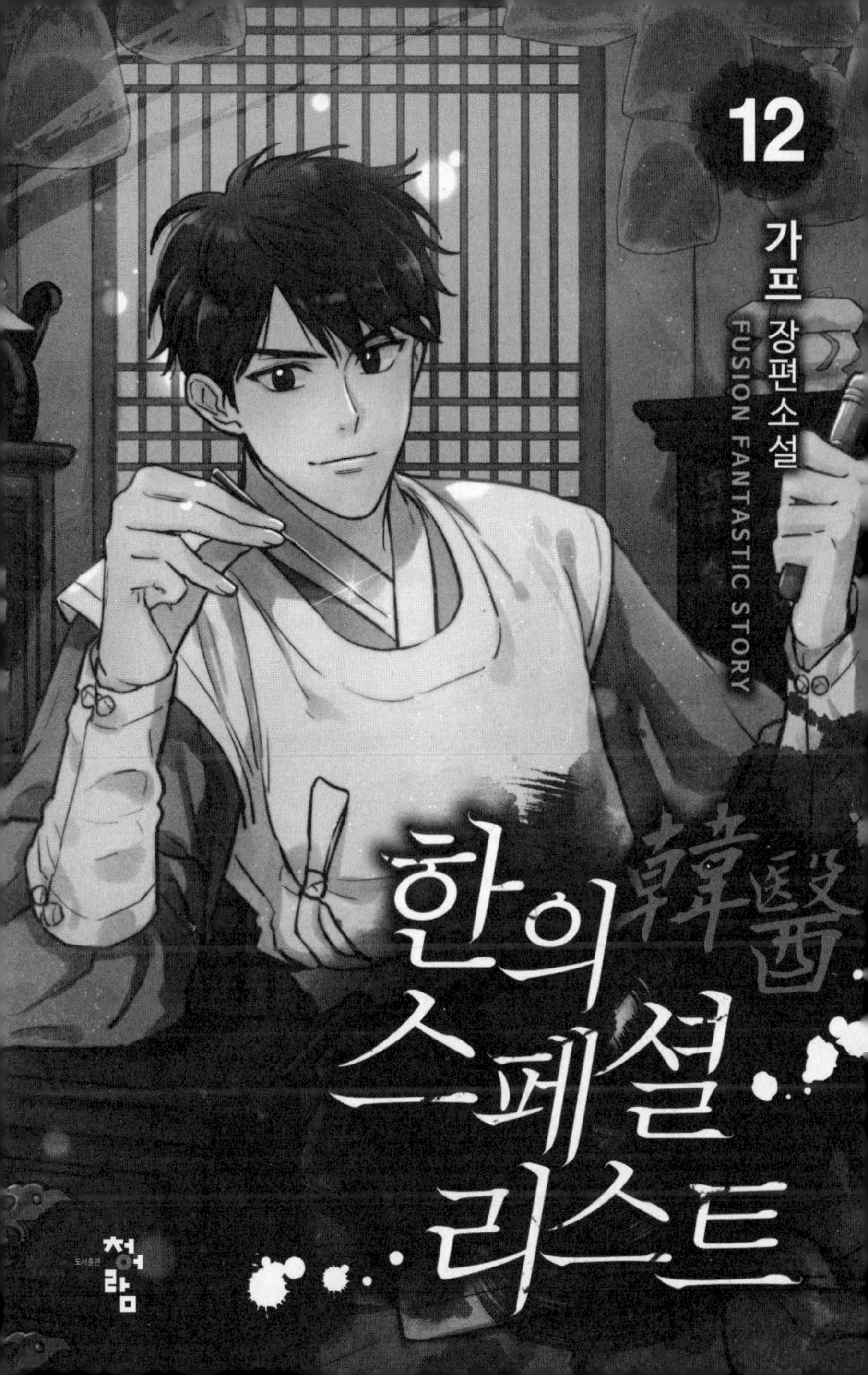
12
가프 장편소설
FUSION FANTASTIC STORY
韓醫
한의 스페셜리스트
도서출판 청어람

Contents

1. 망침(芒鍼)으로 승부한다

골수와 비장.

오장의 대미지는 백혈병이나 나무인간 증후군과 유사했다.

두 케이스를 겪으면서 면역 체계 강화에 노하우를 가진 윤도.

환자가 말이기에 다른 침을 꺼내놓았다. 장침이 아니라 망침

이었다. 윤도의 이번 승부수는 망침이었다.

푸룩!

침 길이에 놀란 걸까? 말이 콧김을 뿜으며 머리를 저었다.

주룩!

설사도 밀려 나왔다.

"괜찮다니까."

승아가 말을 달랬다. 더러워하는 기색은 전혀 없었다.

말을 보며 맥의 정보를 정리했다. 가장 심각한 건 비장과 간, 다음으로 신장이 꼽혔다. 비장과 간의 비대는 이 병의 특징 중 하나이다. 신장은 뼈를 주관하기에 그렇고 비장은 적혈수가 파괴되는 처리 장소이기에 그런 것으로 판단했다. 양방에서는 지라를 논하지만 한방의 비장은 지라를 포함하는 개념이다.

다음으로 '빈혈'을 짚었다.

빈혈 역시 단순히 철분이 모자라는 상태만 있는 게 아니다. 빈혈은 그 원인에 따라 철 결핍성, 거대적아구성, 재생불량성, 용혈성 빈혈 등으로 구분된다. 그중에서도 거대적아구성 빈혈이 악성 빈혈로 불리고 있었다.

"말 좀 잡아줄래?"

치료의 길을 세운 윤도가 승아를 바라보았다.

"네."

"오래 걸릴지도 몰라."

"윈디안이 살 수 있다면 한 달이 걸리고 일 년이 걸려도 괜찮아요."

"유경백별우신지(柳經百別又新枝)?"

윤도가 중얼거렸다.

"네?"

"포기하지 않는다는 뜻이야."

"맞아요. 저 포기하지 않아요."

승아는 한껏 비장했다.

"그럼 시작한다?"

"네."

길고 긴 망침이 윤도 손끝에서 티잉 하고 울렸다. 윤도만 아는 그 울림이 지친 말의 혈자리를 겨누기 시작했다.

말!

사람이 아니었다. 말도 생명. 그렇기에 안드로메다에서 온 혈자리일 리 없지만 감만으로 찌를 수는 없었다. 망침은 불치 난치를 짚어내는 명혈로 들어갔다. 머리의 백회혈이 그 스타트 였다.

말의 백회혈.

사람과 같을까? 그러면 좋으련만 같지 않았다. 혈자리가 침을 튕겨냈다. 절침이 나지 않은 게 다행이었다. 혈자리 주변을 풀고 시도했지만 혈자리는 열리지 않았다. 그러나 틀림없는 혈자리. 마음이 급한 걸까, 아니면 사람이 아니라서 그럴까?

사람과 말. 많이 다르다. 윤도가 눈을 감았다. 눈을 감은 채 혈자리를 파악했다. 감각과 육감이라는 건 때로 시야를 가리면 더 밝아지는 까닭이다.

'좋아.'

윤도가 붕대를 뽑아 들었다. 그것으로 눈을 가렸다.

"선생님……."

"걱정 마. 감각과 육감을 끌어 올리려는 거니까."

윤도는 승아를 안심시켰다. 눈을 가린 채 다시 백회혈을 잡
았다. 미세한 변화가 왔다. 수치로 치면 0.1mm 정도에 불과하
지만 혈자리에서 적중과 경계를 찌르는 차이는 엄청난 것이
다. 마침내 첫 망침이 말의 백회혈로 들어갔다. 침감으로 확인
해도 완벽했다.

'좋아.'

감을 잡은 후에야 붕대를 풀었다. 이제 손길이 빨라졌다.
양지혈 자리와 족삼리혈 자리, 중완과 관월혈 위치에도 망침
을 넣었다. 이 다섯 혈에 오방을 이루고 기를 체크했다. 기들
이 자기 경락을 찾아 이동했다. 오방혈의 장점은 질병 체크에
있다. 병이 위중하면 기가 흐트러진다. 그렇게 되면 침감이 원
하는 상기나 경락으로 가지 않고 아무 데나 멋대로 들어가 버
린다. 자칫하면 사고로 이어질 수도 있는 것이다.

"……."

말의 혈자리 느낌에 맞춰 신중하게, 또 신중하게 체크했다.
다행히 말의 혈자리도 사람과 아주 다르지 않았다. 맥의 결과
느낌이 다를 뿐이다.

간장, 비장, 신장.

치료 혈자리는 그대로 확정되었다.

첫 침은 독맥 줄기를 목표로 삼았다.

틱!

"……!"

소리와 함께 윤도의 숨이 멈췄다. 말의 근육이 침을 밀어낸 것이다. 장침 두 개를 꺼내 주변 근육에 찔렀다. 침감을 퍼뜨린 후 다시 시침했다. 이번에는 살이 침을 받아주었다.

독맥.

말은 12간지에서 오에 해당한다. 양(陽)에 속하는 동물이다. 독맥 역시 양맥의 바다. 말에게 필요한 양의 기운을 시작으로 삼는 윤도였다. 다음은 역시 양의 짝을 이루는 음. 음맥의 바다는 임맥이었으니 그 줄기에도 침을 넣었다. 거기서 기경팔맥으로 이어지는 전신 순환을 따라갔다. 말에게 있어서는 불치의 말전염성빈혈. 그렇기에 전신 경락을 여는 초강수를 두는 윤도였다.

기를 세 바퀴 돌렸다. 첫 바퀴는 굉장히 힘들었다. 사람의 기혈과 결이 다른 관계로 더 많은 침감이 필요했다. 가끔은 손끝에 불덩이가 들어온 것 같은 침감까지 동원했다. 두 바퀴를 지나 세 바퀴가 되자 기혈이 어느 정도 고르게 퍼졌다. 겨우 교두보를 확보한 것이다.

'골수……'

숨을 돌린 윤도는 말의 복부를 바라보았다. 이제는 오장육부를 돌보며 면역 증강을 이룰 차례였다. 이번 치료의 핵심도 골수였다. 그러나 백혈병과 다른 점이 있었으니 적혈구의 문제라는 것. 그렇다면 골수와 동시에 지라의 회복에 방점을 두어야 했다.

지라.

한방에서는 비장으로 이해한다. 한방의 비장은 췌장에 더해 지라와 골수, 모세혈관의 일부까지도 포함하는 까닭이다. 여기서 임파구와 면역체를 만들고 적혈구와 백혈구를 생산한다. 지라에 영향을 끼치는 오장은 단연 신장이다.

문제는 적혈구.

적혈구는 골수의 모혈 조세포에서 만들어진다. 수명은 약 120일이다. 수명을 다한 적혈구는 지라에서 파괴된다. 지라는 적혈구의 여과 장소이자 정비 공장으로 불린다. 적혈구는 인체 순환에 있어 지라를 통과하며 검사를 받는다. 정상적이면 그대로 통과시키고 약간의 문제가 있는 혈구는 수리한 후에 내보낸다.

그러나 비정상적인 것으로 판단되면 바로 제거한다. 제거법에는 두 가지가 존재한다. 적혈구 자체를 삭제하는 Culling과 비정상적인 부위만 도려내는 Pitting이 그것이다.

윈디안의 경우는 골수와 지라가 짝으로 문제였다. 골수의 기능도 떨어지고 지라의 정비망에도 문제가 있었다. 그것은 곧 고난도의 침술이 필요하다는 결론이다.

'고난도……'

서두르지 않았다. 조바심도 내지 않았다. 지금까지 겪은 고난도가 한둘이었던가?

약침액을 찍은 망침이 기문혈로 들어갔다. 간과 비장의 조화를 이루어 기혈 운행을 돕고 혈맥이 잘 돌게 하는 명혈. 비수혈에 하나를 더 꽂고 신장을 위해 신수혈을 잡았다. 면역 증강에 더해 부종을 다스리는 시침이다. 망침의 침감은 긴 길이만큼이나 다스리기 쉽지 않았다. 그러나 장점도 있었으니 일단 침감이 발휘되기만 하면 깊은 혈자리나 일침다혈을 잡는 데 수월하다는 점이다.

지원을 위해 중완혈과 삼음교 자리에도 망침을 찔렀다. 부풀어 올랐던 간의 부종이 조금씩 내려앉기 시작했다. 그러나 비장은 반응하지 않았다. 별수 없이 독맥의 척중혈 자리에 강한 화침을 넣었다. 그제야 비장으로 인한 부종도 조금씩 차도를 보였다.

푸륵!

몸이 편해지자 말이 고개를 들었다.

"얌전히 있어."

승아가 머리를 잡았다. 말은 주인의 말을 따랐다. 그때 정광패가 한마디 건네왔다.

"오래 걸리면 식사 후에 하시는 게 어떻겠소?"

그 말에 윤도가 고개를 들었다. 밖에는 이미 어둠이 내린 지 오래였다.

"승아, 밥 먹고 와라."

윤도가 말했다.

"선생님은요?"

"나는 위가 빵빵해지면 침감이 떨어지는 편이라서……."

"그럼 저도 안 먹어요."

"너는 안 돼. 안 먹고 오면 치료 중단!"

"선생님."

"말도 좀 쉬어야 하니까 다녀와."

"알았어요. 그럼 금방 다녀올게요."

승아가 나가자 윤도와 관리사만 남았다. 그는 할 말이 많은 표정이었다.

"하실 말 있으면 하세요?"

윤도가 돗자리를 펴주었다.

"그게… 괜한 애를 쓰시는 거 같아서……."

관리사가 퉁명스레 입을 열었다.

"그래 보이죠?"

"솔직히 처음에는 정 총재님께 잘 보이려고 그러겠지 싶었는데 사무실에서 검색해 보니 그건 아닌 거 같더군요. 하지만 말은 사람과 다릅니다."

"소중한 목숨인 건 같지요."

"제가 말 관리만 20여 년인데 이건 못 고칩니다. 말전염성빈혈은 세계적으로도 불치예요. 게다가 이 녀석은 눈까지 장애마라서……."

"치료 가능성은 0%일까요?"

"글쎄요. 0%까지야 아니겠지만……."

"그럼 됐습니다. 그런데 그런 말, 윈디안이 듣는 데서 해도 되나요?"

"예?"

"불치병이니 장애마라니 하는 말……."

"그게 뭐 어때서요? 팩트 아닙니까?"

"선생님은 베테랑 말 관리사라고 들었습니다. 제가 알기로 옛날에 황희 정승 같은 분은 밭일하는 소를 평가하는 것도 안 듣는 데서 했다고 하던데……."

"허어, 한의학을 해서 그런가? 젊은 양반이 고리타분하고 먹통일세."

관리사는 혀를 차며 나갔다.

'윈디안.'

윤도가 말의 이마를 쓰다듬었다.

'다 나으면 관리사는 바꾸는 게 좋겠다.'

푸릉!

말이 알았다는 듯 고개를 주억거렸다.

"선생님!"

식사를 하고 온 승아가 왕김밥과 오뎅 국물을 가져왔다. 먹고 싶은 마음이 없지만 승아의 독촉에 한입 베어 물었다.

"국물도 드세요."

승아가 오뎅 국물을 권했다. 그것도 한 모금 넘겼다.

푸릉!

윈디안이 콧김을 뿜었다. 녀석도 입맛이 도는 걸까?

"할아버지는?"

"무슨 의원 모임이 있다고 가셨어요. 급한 일 있으면 연락하라고 하셨어요."

"너도 따라서 집에 가지 그랬어?"

"저는 윈디안 지켜요."

"말이 그렇게 좋아?"

"쟤도 그랬거든요."

"윈디안이?"

윤도가 고개를 들었다.

"호주에 전지훈련 갔을 때였어요. 초원이 너무 아름다워 윈디안과 달렸어요. 그러다 길을 잃고 말았어요. 말에서 내려 주변을 살피다가 미끄러지는 바람에 언덕 아래 구덩이에 떨어지면서 정신을 잃었어요."

"……."

"물방울이 떨어지는 느낌에 눈을 떴을 때는 밤이었어요. 그제야 알았죠. 윈디안이 꼬리에 물을 묻혀 와서 구덩이 밖에서 뿌려주었다는 걸."

"명마구나."

"윈디안은 큰 소리로 울부짖으며 사람들을 불렀어요. 그 덕분에 저를 찾아 나선 사람들이 쉽게 발견할 수 있었죠."

"……."

"윈디안은 한 눈으로 보지만 다른 말의 두 눈보다 더 마음이 넓고 깊어요. 그런데 제가 어떻게 혼자 두고 집에 갈 수 있겠어요."

"오케이. 이 밤에 너를 윈디안 치료 간호사로 임명한다. 잘할 수 있지?"

"고맙습니다, 선생님."

승아는 윈디안의 곁에 찰싹 붙어 떨어지지 않았다.

다시 맥을 잡았다.

기본을 세운 기혈은 크게 무너지지 않았다. 이제는 본격 치료에 들어갈 타임이었다. 잠시 시계를 보았다. 진경태 때문이다. 따로 처방을 내린 약침이 있었다. 기왕에 치료하는 말전염 성빈혈이다. 그렇기에 치료법까지 찾아내려는 윤도였다. 윈디안이 아니더라도 안타깝게 안락사가 될 명마가 있다면 구하고 싶었다.

"그럼 시작해 볼까?"

윤도가 다가섰다.

치료의 시작은 신장과 비장이었다. 세부 타깃은 골수와 지라 쪽이다.

적혈구의 부족.

이유가 뭘까?

아직 원인은 나오지 않았다. 몇 가지 추측은 가능했다. 첫째는 골수에서의 생산량 부족이다. 절대 생산량이 부족하면 빈혈이 온다. 둘째는 병든 적혈구의 생산이다. 절대 생산량이 부족하지 않더라도 병든 혈구가 나오면 문제가 되었다.

지라 쪽에서는 적혈구 여과와 수리, 제거 장치의 이상을 생각해 볼 수 있었다. 문제 있는 적혈구의 감별 능력이 떨어지거나 수리 능력이 사라지면 비정상 적혈구가 늘어난다. 이런 것들이 쌓이면 심각한 문제가 초래되는 건 당연한 일이다.

마지막은 두 기관이 아니라 제3의 장부나 병소에 의한 것.

세 가지를 머리에 그리며 시침에 들어갔다. 일단 신장과 비장의 기혈을 올려 상황을 보려는 윤도였다.

신주혈과 경문혈, 비수혈과 장문혈에 망침을 넣었다. 심혈은 신주혈에 쏟아 부었다. 원천 치료를 표방하는 한의학적 기본에 충실한 것이다.

'30—40…….'

숫자는 말의 심박 수이다. 사람보다 느리다. 따라서 침감에도 심박 수를 반영했다. 말의 골수 쪽에 기혈이 밀려들었다. 김밥을 먹기 전에 조치한 기혈 덕분이다. 이제 손은 비수혈 쪽으로 옮겨갔다. 침 끝을 감고 풀며 지라의 상태를 체크했다. 지라의 기혈도 조금씩 올라갔다.

1분.

혈액이 순환하기를 기다렸다.

'쉿!'

윤도가 쓴 입맛을 다셨다. 되돌아온 혈액의 무게는 가벼웠다. 두 장부를 두고 나머지 장부를 체크했다. 큰 이상은 보이지 않았다. 그렇다면 원인은 한 가지로 유추될 수 있었다.

―골수와 지라의 동시 이상.

그때 반가운 사람이 도착했다. 진경태가 달려온 것이다.

"만드셨습니까?"

윤도가 물었다.

"당연하죠. 누구 명령이라고요."

진경태가 약침액을 내놓았다.

"수고하셨습니다.."

"이놈이군요? 우리 원장님 간택을 받은 말이."

진경태가 윈디안을 바라보았다.

"아주 영리한 녀석입니다."

"어련하시겠습니까?"

"한의원은요?"

"별일 없습니다. 안 선생님이 워낙 사분사분하시니……."

"말씀드린 것도 다 챙겨 오셨죠?"

"그럼요."

"그럼 가보세요. 저는 시간이 좀 걸릴 것 같습니다."

"알겠습니다. 다른 약 필요하면 바로 연락하십시오."

진경태는 인사를 남기고 돌아섰다.

윤도의 시선은 약침액에 있었다. 산해경의 적영토로 만든 것과 윤도표 약침액 두 가지였다. 윤도표는 골수와 비장에 좋은 비방이다. 골수 약침의 주성분은 최상급 녹용에 역시 최상급 법제를 마친 지황, 소의 골수와 자석(磁石) 가루를 적정 비율로 섞었다. 혈자리의 반응을 고려해 내린 처방을 진경태가 수행해 온 것이다.

자석만 해도 불에 구워 특급 감식초에 9번 담금질을 한 후 가루를 내야 하는 일. 그럼에도 착착 대령하는 진경태였으니 고맙기 그지없었다.

"승아."

"네."

승아가 허리를 세우며 대답했다.

"이건 명령인데, 이제 대기실에서 잠깐 눈 붙이고 와라. 맑은 정신으로 해줘야 할 일이 있거든."

"여기 있으면 안 돼요?"

"그럼 윈디안이 아픈 눈을 뜨지 못할지도 몰라."

"네?"

"기왕 치료하는 건데 빈혈만 치료할 수는 없잖아?"

"선생님……."

"어서 잠깐 자고 해 뜨기 전에 다시 와."

"알았어요. 윈디안, 선생님 말 잘 들어. 알았지?"

승아는 말을 쓰다듬고는 마사를 나갔다.

발소리가 멀어지자 시침을 시작했다. 이제는 오장직자침이었다. 약침은 두 가지를 동시에 처방했다. 소와 말의 질병을 낫게 하는 영약 적영토와 윤도가 만든 약침이다. 윤도표 약침이 먼저 출격했다. 신장의 중심이다. 선천 기가 모여 정(精)을 이루는 부분이다. 미세한 부위라 침 끝에 잘 걸리지 않았다.

한 번, 두 번, 세 번…….

침은 헛발질을 거듭했다. 초보 채혈 간호사가 이럴까? 혈관은 있지만 바늘이 허무하게 빗나간다. 그것처럼 윤도의 침 끝도 정의 코앞에서 헤매고 또 헤맸다.

다시 붕대를 동원했다. 말의 혈자리는 미세했다. 더구나 형체가 없는 정을 노리고 있으니 결코 쉬울 리 없었다. 다시 감각과 육감을 끌어 올리는 윤도였다. 손끝으로 혈자리 부근의 먼지 하나까지도 짚어냈다.

덜컥!

그제야 침 끝에 뭔가가 걸렸다. 신장의 정수, 정이었다. 첫 반응은 미치도록 아련했다. 하지만 정은 곧 약침을 받아들였다.

화아아.

손끝에 따뜻한 느낌이 왔다. 뜨겁지도 따갑지도 않은 느낌이다. 그러자 골수 전체에 전등이라도 켜진 듯 환한 반응이 번져갔다. 마침내 치료의 길을 내는 윤도였다.

'고맙습니다.'

윤도가 중얼거렸다. 하느님에게, 헤이싼시호의 기연에게, 나아가 자기 자신에게 보내는 감사였다. 여세를 몰아 지라에도 윤도표 약침을 넣었다. 같은 과정을 거치니 지라에도 활력이 돌았다. 윤도의 짐작대로 골수와 지라 양쪽의 문제였다. 차분하게 약침액의 반응을 분석했다. 그런 다음 산해경의 영약침을 하나씩 더 보태놓았다. 한순간 골수와 비장이 폭발할 듯 강력하게 반응했다.

"......?"

잠시 주목했다. 약간의 두려움도 있었지만 기우에 불과했다. 골수는 활력에 넘치고 지라의 여과와 수리 기능도 물결처럼 힘차게 이어졌다.

히히이잉!

윈디안이 몸서리를 쳤다. 온몸에 도는 활력 때문이다.

임맥이 빵빵해지기 시작했다. 독맥도 생기탱천으로 변했다. 음의 바다와 양의 바다가 조화를 이루자 윈디안은 빠르게 회복되었다. 피부를 따라 붉거진 혈관으로 번지는 생기가 윤도의 눈에 보였다.

푸르륵!

윈디안이 두 발을 들어 허공을 긁었다. 힘이 넘치는 까닭도 있지만 다른 이유도 있었다. 그의 주인 승아가 돌아온 것이다.

"윈디안!"

승아가 뛰었다. 멀리서도 윈디안의 소리만으로 상태를 아는 승아였다.

"너, 다 나았구나? 그렇지?"

푸륵!

"고마워, 고마워. 다시 돌아와 줘서."

승아가 말을 잡고 울었다.

"선생님."

감격을 나눈 승아가 윤도에게 돌아섰다.

"미안하지만 아직 치료 끝난 거 아니거든."

윤도가 멸균 장갑과 플라스크를 내밀었다.

"뭔데요?"

"벌써 잊었어? 기왕 치료하는 김에 빈혈만 잡지는 않을 거라는 말."

"선생님!"

"내가 시키는 대로 하면 눈도 고칠 수 있어. 할 수 있지?"

윤도가 플라스크를 건넸다.

"그럼요. 뭐든 시켜만 주세요."

"저쪽 끝에 연못이 있더라. 거기 연잎 위에 이슬이 모여 있을 거야. 해 뜨기 전에 모아 와. 아, 물이 손에 닿으면 절대 안 돼."

"알았어요. 손대지 않고 여기 담아 오면 되는 거죠?"

"오케이."

"윈디안, 기다려. 네 아픈 눈도 고쳐주신대."

승아가 어둠을 뚫고 달렸다.

푸룩, 푸르륵!

윈디안은 콧김으로 제 주인을 응원했다.

승아가 연못에 도착했다. 먼 산 너머에서 어스름이 터지고 있었다. 연잎 위에 이슬이 보였다. 아직 땅에 떨어지지 않은 물, 바로 상지수였다. 말의 눈병을 고칠 수 있는 산해경의 적영토. 눈에 이겨서 바를 약은 아직 만들지 않았다. 승아에게 맡기기 위한 배려였다.

주인이 구해 온 상지수.

그렇게 눈을 뜨는 명마 윈디안.

그렇게 연결되는 관계라면 지구 최강의 케미로 거듭날 것으로 믿는 윤도였다.

한 방울, 한 방울…….

승아는 숨도 쉬지 않고 상지수를 모았다. 한 방울이 모일 때마다 윈디안의 목숨이 늘어나는 것만 같았다. 플라스크 안에 모이는 이슬이 보석처럼 느껴졌다.

"네가 개렴."

승아가 돌아오자 윤도가 적토를 내주었다. 특별한 법제가 아니었다. 그저 알맞은 비율에 정성을 더하면 될 일. 그렇다면 승아보다 더 적격자는 없었다.

승아가 적영토를 개었다. 꾀를 부리거나 쉬는 일도 없었다. 산해경의 재료에 상지수, 거기에 더해지는 승아의 정성으로 영약이 준비되었다.

푸륵!

제 약을 아는지 윈디안이 반응했다.

"얌전히. 선생님이 네 눈도 보이게 해주신대."

승아의 미소는 아침 첫 햇살보다도 싱그러웠다.

푸릭!

"다 나으면 선생님 먼저 태워 드려. 알았지?"

승아가 윈디안의 볼에 얼굴을 비비는 사이 윤도는 처방을 수행했다. 윈디안의 아픈 눈에 적영토 갠 것을 바른 것이다.

푸릭!

윈디안이 눈을 감았다. 목덜미를 감아쥔 승아는 윈디안에게서 떨어지지 않았다. 그 얼굴을 잡고 잠이 들었다. 말도 주인을 따라 잠이 들었다. 그 모습은 정말이지, 너무 다정한 자매처럼 보였다. 둘은 같은 꿈을 꾸고 있을까? 올림픽 시상대의 제일 높은 곳에 올라서는?

푸릭!

윈디안이 콧김을 뿜었다. 이제 그를 주목하는 눈은 한둘이 아니었다. 정광패가 오고 그 아들 부부가 도착했다. 해는 서산으로 살짝 기울어 있었다. 만 하루를 꼬박 보낸 윤도였다.

"할아버지."

정광패에게 붙어선 승아가 할아버지를 올려다보았다. 정광패는 입을 열지 못했다. 그의 머리에서 바글거리는 검사 결과 때문이다.

'한천겔 면역확산법 Coggins test……'

조금 전 도착하기 무섭게 받아본 결과서였다. 관리사는 만면에 미소를 머금고 있었다. 마치 그 자신이 원디안의 치료에 일조라도 한 듯.

한천겔 면역확산법은 말전염성빈혈의 검사법이다. 이 검사에서 이상이 나오면 대부분 '안락사'로 간다. 원디안의 운명도 그랬다. 승아의 성화 때문에 세 번이나 검사를 받았다. 세 번 다 양성 판정이었다. 안락사 시간까지 받아놓은 상태였다.

그런데 그 결과가 뒤집혔다.

Negative.

Negative.

결과지는 두 개나 되었다. 첫 검사에서 음성이 나왔지만 확인을 위해 한 번 더 검사한 것이다. 워낙 믿기지 않는 일이기에 연구원 측에서 먼저 한 제의였다.

전화를 받고 단숨에 달려온 정광패. 며칠 만에 일대 반전을 일으킨 말을 보고 넋을 놓았다. 오죽하면 팔뚝을 꼬집었을 정도이다. 3일 전 그때 어쩔 수 없이 안락사를 결정했을 때와는 천지차이였다. 똥물을 쏟아내며 비실거리던 원디안은 당장 대회에 나가도 될 정도로 활기차 보였다.

하지만 그건 경악의 끝이 아니었다. 또 하나의 불치로 불리던 눈의 장애. 그것까지 치료에 들어간 윤도였다.

"할아버지!"

승아가 한 번 더 주의를 환기시켰다. 윤도가 윈디안에게 다가서고 있었다. 신의(神醫)를 알아보는 윈디안이 얌전하게 몸을 움직였다. 윤도의 손이 눈으로 갔다.

"할아버지……."

승아의 목소리가 좀 더 떨렸다. 옆에 있던 엄마가 그녀를 당겨 안아주었다.

푸륵!

윈디안의 콧김과 함께 눈을 덮고 있던 영약이 분리되었다.

"눈을 떠보렴."

윤도가 말했다.

푸륵!

윈디안은 눈을 뜨지 않았다.

"윈디안, 선생님 말 들어!"

승아가 외쳤다. 그제야 윈디안이 끔벅 아픈 눈을 떴다.

"까악!"

승아의 비명이 터졌다.

"세상에!"

엄마의 비병도 함께 터졌다.

"허어!"

정광패 역시 깊은 숨을 몰아쉬며 고개를 저었다.

윈디안!

안개처럼, 혹은 성애처럼 뿌옇게 달고 살던 월맹 증세가 보이지 않았다. 멀쩡한 다른 한 눈처럼 맑고 초롱초롱한 눈으로 돌아온 것이다.

"눈을 감았다 떠보렴."

윤도가 말했다. 이번에는 윤도 말대로 하는 윈디안이다.

"몇 번 더."

윤도가 이마를 쓸었다. 윈디안은 끔벅끔벅 잘도 지시에 따랐다. 성애는 다시 피지 않았다. 안개도 다시 끼지 않았다.

"치료 끝났습니다."

정광패에게 종료를 알렸다. 두 개의 불치병을 동시에 해결한 윤도였다.

"이야, 역시 그렇다니까. 제가 안락사하기엔 아깝다고 했죠?"

관리사가 윈디안의 머리를 두드리며 윤도의 공로에 수저를 올렸다.

푸륵!

윈디안이 머리로 관리사를 밀었다. 관리사는 구석의 양동이 위로 엉덩방아를 찧고 말았다.

"채 선생……."

정광패의 입은 제대로 열리지 않았다. 그저 경련이 일어나고 있었다. 손이 떨리고 어깨가 떨리고 척추가 무너질 듯 떨렸다.

"선생님!"

승아가 윤도를 불렀다. 윈디안에 타라는 것이다.

"나는 괜찮아. 네가 타보렴."

"아뇨, 윈디안이 선생님을 태우고 싶대요."

"나는 말을 못 타거든."

"걱정 마세요. 그건 윈디안이 알아서 해요. 선생님은 그저 윈디안에게 몸을 맡기면 돼요."

"승아야……."

"어서요. 윈디안 숨넘어가겠어요."

승아가 윤도를 끌었다. 별수 없이 말 등에 올랐다. 윈디안은 몇 번 발을 구르더니 유연하게 러닝을 시작했다.

히히힝!

말이 속도를 올렸다. 승아도 그 뒤를 따라 달렸다. 잔디의 끝까지 와서야 윈디안이 멈췄다.

"선생님!"

승아가 곧 도착했다. 윤도가 말에서 내렸다.

"고마워요."

승아가 말했다.

히히힝!

말도 거들고 나섰다.

"그렇게 좋냐?"

"그럼요. 세상을 다 가진 거 같아요."

"그럼 올림픽 금메달 한번 노려봐야지."

"당연하죠. 저 윈디안하고 최고의 자리에 도전할 거예요."

"넌 해낼 거다."

"저 혼자가 아니고 윈디안이랑 둘이에요. 우린 한 팀이니까요."

"팀?"

"네, 팀. 나중에 윈디안이 혹시 또 아프면 선생님이 또 돌봐주시면 좋겠어요. 그럼 선생님 목에 꼭 금메달 걸어드릴게요."

"그래."

"약속해 주세요."

승아가 손가락을 내밀었다. 윤도도 손가락을 걸었다. 서산을 넘어가는 노을이 거기에 내려앉았다. 한 편의 수채화 같은 풍경이다.

"채 선생."

마무리를 하고 돌아갈 때였다. 정광패가 다가왔다.

"고맙소."

"별말씀을……."

"약속하는데, 한약 원리로 만든 약품처방권은 적극 협력해 드리겠소. 채 선생이 원하는 대로 잘 해결될 거요."

"고맙습니다."

"부끄럽소. 채 선생 같은 명의가 하는 당연한 부탁에 옵션 이나 걸다니……."

"아닙니다. 저도 승아에게 많이 배웠는걸요."

"치료비를 받지 않겠다니 뭐 다른 거 해드릴 건 없겠소?"

"한 가지 있습니다."

"그게 뭐요?"

"말 관리사 말입니다. 주제넘은 의견이지만 바꾸시는 게 좋을 거 같습니다."

"저 관리사는 국내 최고로 평가받는 사람인데?"

"말 관리 자체는 최고인지 모르겠지만 말을 사랑하는 마음은 아닌 것 같습니다."

푸룩!

듣고 있던 윈디안이 고개를 주억거렸다.

"좋아요. 채 선생 말이라면 수용하지요. 대신 나도 부탁이 하나 있습니다."

"말씀하시죠."

"이건 그냥 기우인데, 만에 하나 여당 쪽으로도 가면 안 됩니다. 그쪽도 채 선생을 잡으려고 혈안이거든요. 그렇게 되면 법안 문제로 손을 쓴 우리 의원들에게 내가 우습게 됩니다."

"분명히 말씀드리지만 저는 정치 안 합니다. 제가 잘하는 건 한의학이고 이것만 해도 충분히 바쁘니까요."

윤도가 위엄을 뿜었다. 그 위엄은 특별히 긴 망침의 길이만 큼이나 압도적으로 보였다.

정광패의 약속은 거짓이 아니었다. 그 증거는 성수혁 기자가 가져왔다.

"소관 상임위에서 절충이 되었다고요?"

시침을 마치고 새 장침을 점검하던 윤도가 고개를 들었다.

"제 동기가 정치부 차장 아닙니까? 제가 따로 부탁을 해뒀는데 상임위 임시 소집에서 잘 정리가 되었다고 하더군요."

"한의학 원리에 따른 한방 생약은 일반 의약품이든 전문의약품이든 한의사도 처방권을 가진다?"

"일단 의사협회에서 반대 의견은 나왔고 상임위원 중에 두 명이 의사 출신이라 긴장감도 있었지만 대의가 좋다 보니 대세를 꺾지 못했다고 합니다."

"야당 쪽에서 반대하지 않았군요?"

"아니, 반대가 나오긴 했답니다. 그것도 굉장히 세게."

"예?"

성수혁의 말에 윤도가 반응했다. 앞뒤가 맞지 않았다.

"그 의원이 바로 의사 출신 의원입니다. 책상을 내려치고 고함을 지르며 반대 의견을 냈다고 하네요. 그런데 막판에는 침묵하면서 사전 협의 분위기에 묻어갔다는 후문이……."

"……?"

"이야기가 좀 얽히죠? 하지만 그 의원이 누구 라인인지 알면 의문이 풀립니다. 바로 정광패 전 총재의 비서실장 하던 사람입니다. 정광패가 고도의 전략을 쓴 거죠."

"고도의 전략?"

"다른 의원들이 반발하기 전에 초강수로 분위기를 잡은 겁니다. 정치판에서는 이따금 있는 일이라더군요. 일종의 선수(先手)랄까요?"

"아……."

"축하합니다. 아직 법안 자체가 통과된 건 아니지만 내부 조율이 이루어졌으니 땅땅땅 망치질만 남은 셈입니다."

"여러모로 신경 써주셔서 고맙습니다."

"실은 다른 좋은 일도 있어서 뛰어왔는데……."

"뭐죠?"

"구대홍 씨 말입니다. 지금 SS병원에서 오는 길입니다."

"아, 많이 좋아졌죠?"

"좋아진 정도가 아니라 퇴원한다더군요. 얼굴도 초중증 화상 환자라고는 믿기지 않을 정도였습니다."

"병원비는요?"

"SS병원 측에서 무료로 해준다고 합니다. 뭐 그게 아니어도 소방본부에서 준비한 것으로 압니다만⋯⋯."

"이야, 잘됐네요. 그런 줄 알았으면 저도 가보는 건데⋯⋯."

"안 가봐도 될걸요."

"예?"

"어쩌면 지금쯤 도착할지도⋯⋯. 선생님 만나러 한의원 간다고 하더군요. 뭐 지켜야 할 약속이 있다나?"

'약속?'

그때 인터폰이 들어왔다. 정나현이었다.

"원장님, 그분이 오셨어요. 우리 한의원을 화마로부터 구해준 소방관⋯⋯."

"⋯⋯!"

인터폰 소리가 끝나기도 전에 윤도가 뛰었다. 구대홍이 들어서고 있었다. 아버지와 함께였다.

"원장님!"

구대홍은 거수경례부터 올렸다.

"방금 퇴원했다고요? 몸은 어때요?"

"보시다시피 상큼합니다."

"이리 오세요. 잠깐 보자고요."

윤도가 구대홍을 끌었다. 침구실로 들어가 옷을 벗게 했다.

몸의 흉터도 나쁘지 않았다. 약간의 얼룩이 있지만 시간이 지날수록 좋아질 일이다.

"고생했어요."

윤도가 웃었다.

"다 선생님 덕분입니다."

"만나서 반갑긴 한데 퇴원했으면 집에 가서 쉬지 그랬어요?"

"그럴까 했는데 발길이 여기로 향하더라고요. 지정의 선생님께 맥주 한두 잔 정도는 마셔도 된다는 허락도 받았고……."

"그럼 치맥 약속 지키려고?"

"나가시죠. 계룡산 아랫마을에서 사 온 토종닭이 오는 동안 노릇하게 익었습니다. 괜찮으면 여기로 가져다 드리고요."

"대홍 씨……."

"아버지가 그제부터 준비하셨어요. 선생님 드릴 거라며 나무도 참나무로 준비하셨고……."

"허얼."

윤도가 주저하자 구대홍이 등을 밀었다. 마당에 즉석 치맥 테이블이 설치되었다. 그 또한 구대홍 아버지가 준비한 것이다.

"많이 드십시오. 닭은 얼마든지 있습니다."

고소하게 익은 토종닭 장작구이가 나왔다. 냄새만 맡아도 천하 일미였다.

"와아!"

옹기종기 모인 직원들이 몸서리를 치며 좋아했다. 성수혁도
한자리 끼었다.

"자, 이건 우리 채윤도 선생님."

구대홍의 아버지가 굵은 뒷다리를 찢어 내밀었다. 모락모락
피어오르는 김은 차라리 맛의 폭탄에 가까웠다.

"고맙습니다."

사양하지 않았다. 사양한다고 그냥 갈 사람들도 아니었다.

"아버님도 함께 드세요."

윤도가 구대홍 아버지를 당겼다.

"저는 서빙해야죠. 게다가 음주 운전 문제도……."

"서빙은 저희가 해도 됩니다. 음주 운전도 대리 부르면 되고
요. 뭐 하세요? 최고의 치맥을 준비해 주신 셰프님에게 박수!"

"와아아!"

윤도가 제창하자 일동이 뜨거운 박수를 보내주었다. 장작
트럭의 갓 구워낸 토종닭 맛은 기가 막혔다.

"최고, 최고!"

"제 인생 치맥이에요."

"미슐랭 별 다섯 개 레스토랑보다도 더 맛난 거 같아요."

맛에 취한 간호사들이 몸서리를 쳤다.

"어허, 미슐랭 별은 세 개가 만땅이네요. 어디서 구라를······."

종일이 슬쩍 핀잔을 날렸다.

"어머, 난 별점은 죄다 다섯 개인 줄 알았는데······."

실수한 승주가 얼굴을 붉혔다.

"하하하하!"

마당 즉석 치맥 테이블의 웃음꽃은 점점 더 맛나게 피어올랐다.

2. 노벨의학상을 향한 진군

햇살을 받으며 일어났다. 달력을 보니 그날이다. 오늘은 중
요한 별표가 두 개나 붙어 있었다. 그 첫째는 청와대였다.

"채 원장, 나 괜찮아?"

어머니가 두 팔을 벌리며 물었다. 벌써 다섯 번째 묻는 어
머니이다.

"그만하면 됐어. 지금 패션쇼 가?"

넥타이를 고르던 아버지, 괜한 핀잔 작렬이다.

"그러는 당신은요? 넥타이만 여덟 번째?"

"아, 나야 맨날 점퍼에 작업복만 입다 보니 감이 떨어져서

그렇지."

"똥배 때문에 핏이 없는 건 아니고요?"

"핏 같은 소리 하네. 이 나이에 이 정도 인격 없이 어떻게 살아?"

부부의 소소한 대결이 재개되었다. 토닥거리는 맛에 살아가는 두 분이다.

"그거보다 아까 게 나은 거 같네요. 그 원피스에 이 숄을 걸치고 이 핸드백을 들면……."

윤도가 패션종결자로 나섰다.

"어머, 역시 우리 채 원장은 감이 다르네."

거울 앞에 선 어머니의 눈이 반짝였다.

"아버지는 지금 그 넥타이 하세요. 구두하고 깔 맞춤이 되어 아버지 이미지하고 잘 어울려요."

"그렇지?"

윤도의 의견은 무조건 수용되었다.

오늘은 윤도의 부모님에게 매우 특별한 날이었다. 청와대의 초청을 받은 것이다. 표면상의 주제는 대통령의 새 치아에 대한 감사의 식사 초대였다. 윤도가 요청한 것도 아닌데 부모님까지 초대해 주니 기분이 좋았다. 이렇게까지 좋아할 줄 모른 윤도였다.

"그까짓 청와대……."

"우리나라 대통령이 뭐 제대로 하는 게 있어야지."

청와대와 대통령에 각을 세우던 두 분이기 때문이다.

"아 씨, 소외감 무한 작렬하네."

지켜보던 윤철이 볼멘소리를 했다. 초대장에 윤철의 이름은 없었다.

"까불지 말고 조심히 운전해라."

윤도가 윤철을 쥐어박았다. 부모님과 함께 가다 보니 스포츠카 일일 소유권을 넘겨준 윤도였다. 혼자 남은 윤철에 대한 위로이기도 했다.

"타세요."

주차장으로 내려온 윤도가 세단의 뒷문을 열어주었다. 아버지의 차다. 늘 똥차만 끌고 다니던 아버지. 이제 회사 형편도 풀리고 규모도 확장되면서 세단을 마련하게 되었다. 검소한 아버지는 똥차 사수를 외쳤지만 다양한 거래처를 만나다 보니 주변의 권유에 따랐다.

"아휴, 내가 십 년 묵은 체증이 싹 내려가네."

세단이 출고된 날 어머니가 한 말이다. 돈은 윤도가 내주려 했지만 아버지가 막았다. 아버지의 체면을 위해 윤도가 양보했다.

청와대가 가까워졌다.

"아유, 점점 긴장되네."

어머니가 이마의 땀을 닦았다.

"긴장은… 아, 청와대는 사람 사는 데 아니야?"

아버지가 핀잔을 날렸다.

"그러는 당신은? 나보다 더 긴장하고 있으면서……"

"어허, 내가 무슨 긴장? 난 미국 대통령 만나도 덤덤할 사람이야."

티격태격 애정이 오갈 때 차가 청와대에 멈췄다.

"어머니!"

내리기 전에 윤도가 돌아보았다.

"응?"

"그냥 편안하게 하세요. 대통령이 아니라 아들이 병 고쳐준 사람 집에 식사 한 끼 초대받았다고 생각하시고……"

"알았어."

"파이팅!"

"파이팅!"

윤도가 주먹을 쥐자 어머니도 따라 쥐었다.

"어서 오세요."

대통령 부부가 나와 윤도네 가족을 맞아주었다. 간단한 인사와 차에 이어 식사가 나왔다. 메뉴는 한우갈비와 냉면이었다.

"많이들 드세요. 오늘 이 사람이 채 선생에게 고마움도 전할 겸 치료 비방이 제대로 효과를 봤다는 걸 확인도 시킬 겸 준비했습니다."

대통령이 말했다.

"고마워요. 덕분에 이 양반 갈비타령 안 듣게 되었어요."

영부인이 슬쩍 대통령에게 핀잔을 주었다.

"이 사람이… 내가 언제 타령까지 했다고 이러시나?"

"아니면요? 갈비 한번 원 없이 뜯어보면 좋겠다고 노래를 부른 게 누군데요?"

"그거야 워낙 치아가 부실하다 보니 먹는 즐거움이 떨어져서……."

"한두 번이면 내가 말을 안 하죠. 내 귀 좀 보세요. 갈비타령에 못이 박혔지."

대통령 부부를 보던 어머니 아버지, 바로 긴장이 풀렸다. 대통령 부부도 부부 생활은 다를 게 없었던 것이다.

"소방관 말이에요. 기사를 읽었습니다."

대통령이 윤도를 바라보았다.

"네……."

"저는 가슴이 먹먹했어요. 두 사람의 인연이 보통이 아니더군요."

영부인도 특별한 관심을 표했다.

"우리 채 선생이야 국민의 희망봉이시지. 이건 손길만 스치면 기적을 만들어내시니……."

"과찬이십니다."

"의술은 인술이라고 하던데 채 선생님 보고서야 그 말을 실감했어요. 다 반듯한 부모님 덕분이겠죠?"

영부인이 부모님을 대우해 주었다.

"아유, 저희가 뭐 한 게 있나요? 우리 아들이지만 늘 고마운 마음뿐이랍니다."

어머니가 화답했다. 낯 뜨거워진 윤도가 화제를 돌렸다.

"한방약 처방권에 관심 가져주셔서 고맙습니다."

"아, 그 일은 잘되고 있나요?"

"그렇게 알고 있습니다."

"다행이군요."

"대통령님께서 마음 써주신 덕분입니다. 다시 한번 감사드립니다."

윤도가 말했다. 명시적으로 말하지는 않았지만 관심으로 윤도를 지지한 대통령이다. 그건 이심전심으로 느낄 수 있었다.

간단한 기념품을 받아 들고 청와대를 나왔다.

"채 원장, 나 약국 앞에 좀 세워줘."

표정 관리에 여념이 없던 어머니가 말했다.

"어디 불편하세요?"

"체한 거 같아. 속이 좀……."

끼익!

차가 갓길에 멈췄다. 진맥을 하니 급체 증상이 있었다. 혈자리의 이상 반응은 중완과 족삼리, 내관혈에서 왔다. 제대로 체했다는 증거이다.

"에이, 촌스럽기는……."

윤도가 침을 찾을 때 아버지가 어머니의 등을 두드렸다. 순간 꾸르륵 하는 소리와 함께 음식 내려가는 소리가 요란하다. 윤도의 장침이 출격하기도 전이다.

"어머, 싹 내려갔어."

어머니가 고개를 들었다.

"당연하지. 내 손이 약손이잖아?"

아버지 목에 힘이 들어갔다.

"아유, 소 뒷걸음에 파리 잡은 격 가지고 뻐기기는……."

어머니가 눈을 흘겼다. 빈정거리는 게 아니라 애정이 그득한 눈길이었다.

바릉!

부모님을 집에 모셔다 드리고 다시 도로로 나왔다. 이번에도 차는 세단이었다. 두 번째 중요한 일이 기다리고 있었다.

장소는 청와대보다 조금 멀었다. 인천공항이다.

"승주 씨."

한의원에 전화를 걸었다. 쉬는 날이지만 직원들이 대기하고 있었다. 그만큼 중요한 일이었다.

"준비됐어요?"

윤도가 물었다.

—네, 저희는 준비 완료입니다.

승주가 대답했다. 사실 준비랄 것도 없었다. 그럼에도 긴장하는 건 손님의 격 때문이다. 그 손님이 앤드류이기 때문이다.

앤드류!

그가 미국에서 날아오고 있었다. 인유두종 바이러스 협의차였다. 미국에 다녀온 지도 꽤 되었다. 그동안에도 윤도와 앤드류는 주요 사안에 대해 의견을 나누고 토론했다. 영상통화와 이메일이 있기에 어려울 게 없었다.

앤드류의 연구는 광속 직진하고 있었다. 철통처럼 막힌 과정을 윤도가 깨준 덕분이다. 그는 매일 흥분하고 매 순간 열정을 다했다. 노벨상 후보라는 거, 확실히 레벨 자체가 달랐다.

이번 방문에는 한 사람이 동행하기로 되어 있었다. 브라질 출신의 30대 남자이다. 나무인간 증후군을 앓고 있었다. 연구

성과가 오르자 앤드류는 자신이 파악하고 있는 나무인간 중후군 감염자들에게 적용하기 시작했다. 페드로라 불리는 이 남자가 첫 수혜자였다. 그 영역은 자궁경부암 환자들에게로 넓혀졌다.

양방과의 협진.

처음은 아니었다. 하지만 이런 불치에 대한 공동 연구는 처음이다. 신침을 놓는 손을 지닌 윤도였지만 이론과 가설을 맞춰가는 일이 신기하지 않을 리 없었다. 게다가 이건 연구실 차원에서 대충 주제 하나 증명하는 석박사 논문 수준이 아니었다.

─인유두종 바이러스 정복.

앤드류의 목표는 명쾌했다. 그렇기에 나무인간 중후군의 치료는 곁가지에 불과했다. 그의 핵심은 완전한 인유두종 바이러스 정복에 있었다. 나무인간 중후군은 극소수지만 자궁경부암 등으로 고통받는 사람이 더 많은 까닭이다.

"어, 채윤도다!"

공항에 내리자 몇 사람이 알아보았다. 더러는 사인도 원했다. 서너 명에게 사인을 해줄 때 사람들이 나오기 시작했다.

"앤드류!"

윤도가 손을 들었다.

"닥터 채."

캐주얼 차림의 앤드류가 반색했다.

"페드로?"

윤도가 옆의 남자를 바라보았다. 놀라는 눈빛에는 사연이 있었다. 3주 전에 보내온 사진보다 확연히 좋아진 나무껍질 피부 때문이다. 처음에는 정글처럼 무성하던 나무껍질 피부. 이제는 옷이나 장갑을 이용해 조금 가리는 것으로 커버되고 있었다.

"인사하세요. 내가 귀에 딱지 앉도록 말한 한국의 닥터 채. 나무인간 증후군 분야에서 세계 최고의 의학자시지요."

앤드류가 윤도를 소개했다. 그야말로 극찬이다.

"하핫, 세계 최고는 아니고… 일단 가시죠. 차를 가져왔습니다."

윤도가 앞장을 섰다.

짝짝짝!

직원들로부터 가벼운 박수를 받으며 한의원에 들어섰다.

"흐음, 냄새부터 마음에 드는군요. 마치 마법사나 연금술사의 실험실에서 나는 신비 향 같은……"

앤드류는 눈을 감은 채 한약재 향을 음미했다. 일단 약제실부터 구경시켜 주었다.

"원더풀!"

앤드류는 한마디로 뻑 가버렸다. 그의 실험실만은 못했지만 윤도의 약제실도 보통이 아니었다. 그는 탕약 제조 과정에 심취했다. 약재가 나오면 맛을 보고, 중탕 중인 약탕기 앞에서는 냄새를 먹었다.

윤도와 앤드류는 케미가 척척 맞았다. 앤드류가 호기심을 보이면 윤도가 약효와 오행의 원리를 설명했고, 경락도를 보며 혈자리와의 연관성을 알려주었다.

페드로에게 휴식 시간을 준 후에도 그랬다. 둘은 경락도 앞에서 시간 가는 줄 몰랐다. 때로는 치열한 토론으로 치닫기도 하고, 의기투합한 합의를 도출하기도 했다. 앤드류의 과학적인 원리와 윤도의 음양오행 기혈순환론은 근본은 달랐지만 조금도 삐걱거리지 않았다.

앤드류의 폭풍 흡입력 때문이다. 그는 윤도가 설명하는 기혈과 음양오행론을 스펀지처럼 빨아들였다. 그렇다고 맹목적인 추종은 아니었다. 이해가 부족하면 윤도의 설명을 들었고, 그때마다 해박한 이론을 들이대 실현 가능한 방법을 찾아냈다. 단언컨대 그의 모습에서 '대체의학 따위'라는 식의 무시는 한 치도 엿보이지 않았다.

윤도 역시 그의 박식한 이론과 치밀한 실험실 데이터를 신뢰했다. 나름 긴 시간 동안 한국과 미국에서 호흡을 맞춘 두 사람. 그 공감대가 이렇게 빛을 발하고 있었다.

"……?"

토론의 끝에 윤도가 고개를 들었다. 앤드류가 내놓은 실험 내용 때문이다. 앤드류가 친절한 설명을 덧붙여놓았다.

"HPV의 특이 구조를 선택적으로 깰 수 있는 신물질과 작용 기전 원리의 규명 실험입니다. 특히 E6, E7 발암 유전자들의 연관성과 더불어 수많은 아종에 대한 반응 실험까지도 성공했습니다."

"아……!"

윤도 입에서 감탄이 나왔다.

─성공.

앤드류의 입에서 나왔으니 인사치레가 아니었다.

HPV.

그 형태는 원형의 이중나선 DNA 바이러스다. Major capsid protein과 Viral nucleic acid 등의 3차원 구조를 형성한다. 현재까지 발견된 것만 무려 120여 종.

그중에서도 HPV16, 18, 31, 33, 35, 45 등은 고위험군으로 분류된다. 자궁경부암에 걸린 여성 환자라면 거의 이 바이러스가 발견될 지경이다. 종류가 많기에 고위험 군만 해결해도 어마어마할 판에 각종 아형에 대한 해결까지 OK라니?

"자궁경부암 쪽에서는 침윤과 전이 과정을 거쳐 진행되는 숙주세포 내의 유전자 결합 해제 반응에 대한 기전도 규명 직전입니다. 제가 헤매던 곳인데 닥터 채의 혈자리 자극으로 인한 면역세포 활성 이론이 큰 도움이 되었지요. 거기서 역반응으로 가설을 세운 세포 내 초기 방어기전의 분석 시도가 제대로 먹혔습니다."

"앤드류……."

"거기 두 번째 실험 요약집을 보세요. 닥터 채의 원리에 따라 만든 백신과 치료제의 신물질입니다. 일단 'CHYADR'로 명명했습니다. 백신을 맞은 환자 군에서는 HPV가 침입하면 기저세포막에서부터 항체가 반응합니다. 치료 역시 같은 원리로 감염된 상피세포를 선택적으로 저격합니다. 생식기형 HPV와 피부형 HPV에 공히 말입니다."

"……."

"사진을 보세요. 자궁경부암에 걸린 환자들입니다만 일주일 투약으로 엄청난 성과를 보았습니다. 이전에 제가 수행하던 때의 면역체 분석과는 상대도 안 될 정도로 많은 면역 물질이 활성화되더군요. 그로 인해 기존의 항암제와 화학요법 치료제들의 단점 개선도 가능하고 효과적인 치료와 예방 수행이 가능한 Protocol 완성을 코앞에 두고 있습니다."

앤드류의 개가는 계속 이어졌다.

"특화된 E7에 의한 면역회피기전의 분자생물학적 응용과 난소암 세포에서 특이 유도체에 의해 HPV와 암세포의 성장이 강력하게 억제되는 기전, 그로 인한 암 세포의 전이 기능 상실과 암 줄기세포의 사멸 과제를 푸는 순간 닥터 채의 얼굴이 먼저 떠오르더군요. 암세포의 성장과 분열 과정인 DNA 합성준비기—합성기—세포분열준비기—세포분열기의 체인을 끊어버린 겁니다."

"……."

"이제 이 연구는 종착에 다다랐습니다. 기존의 연구를 분자학적 측면, 세포학적 측면, 동물실험과 환자 치료의 안정성을 다양하게 점검하는 과정만 남은 셈입니다."

"앤드류……."

"Icing on the cake!"

'화룡점정?'

"그걸 닥터 채가 해주어야겠습니다."

"앤드류……."

"지난 주말에 마무리된 성과입니다. 이 벅참을 미리 알려주고 싶어 참느라 혼났습니다. 제가 보기보다 클라이맥스를 좋아하거든요."

"결국 해내셨군요. 그렇게 오랜 시간 공을 들이더니."

"저 혼자 한 게 아니라 닥터 채와 공동입니다. 실험물질명 CHYADR 또한 우리 둘의 이니셜에서 가져온 명명이지요."

앤드류가 강조했다.

의학자이자 바이러스학의 대가 앤드류. 인유두종 바이러스에 매달린 게 10여 년이다. 그러나 두 손을 든 연구. 꽉 막힌 한 과정을 풀지 못해 헤매던 그가 마침내 출구를 찾은 것이다.

앤드류가 약품을 꺼내놓았다. 치료와 백신의 근간이 될 실험 시약들이다.

"부탁합니다. 이걸 약침으로 삼아 시침해 주십시오. 닥터 채의 장침이 환자의 혈자리를 자극할 때 저는 그 전후의 변화에 대한 시료를 모을 것입니다. 그 분석이 제 가설과 일치하는 데이터가 나오면 미국의 병원에서 대기 중인 자궁경부암 입원자들에게 같은 신물질 치료제가 투여될 겁니다. 많은 자원들에게 유의할 결과를 얻었지만 이제 공식화가 되는 겁니다. 여기서 별 이상이 나오지 않으면 우리 둘의 연구는 마무리됩니다. 닥터 채와 제가 지구에서 신음하는 수많은 자궁경부암 환자와 난소암 환자, 나아가 나무인간 증후군에 시달리는 사람들에게 빛과 희망이 되는 겁니다. 한마디로 인유두종 바이러스를 작살내는 거죠."

"앤드류……."

"다시 강조하건대 이 연구의 핵심은 당신입니다. 그렇기에 마무리 역시 당신 손으로 해야 합니다."

앤드류의 눈빛이 심해의 진주처럼 반짝거렸다.

외부에서 연구원이 두 명 도착했다. 그들과 함께 자궁경부암 신물질 치료 자원자 두 명도 도착했다. 연구원들은 다국적 제약 회사인 '써라윈'의 핵심 과학자들이었다. 그 회사는 앤드류의 연구를 후원하고 있었다. 그렇기에 필요한 장비 사용과 환자 자원을 부탁한 앤드류였다.

"닥터 채."

앤드류가 시료를 내밀었다.

사삿!

윤도가 장침을 뽑아 들었다. 침구실이다. 가벼운 옷차림으로 누운 페드로가 살짝 긴장했다. 손발과 목둘레, 무릎 부위 등 남은 나무 피부가 보였다. 그러나 심각하지 않았다. 앤드류가 만든 치료제로 효과를 본 덕분이다. 여러 차례 수술을 했지만 다시 재발을 반복하던 페드로. 앤드류의 연구 덕분에 살 맛이 나고 있었다.

앤드류가 그를 데려온 건 설명한 바와 같다. 신물질 시료의 혈자리 투여로 변화되는 세포 활력이나 호르몬 변화, 기타 연관 발암 유전자들의 결합과 전사 활성도 등을 확인하려는 것. 그것으로 가설의 증명과 함께 치료 효과를 봄으로써 연구의 매듭지으려는 의도이다.

자동 분석.

윤도의 신성이 발휘되었다. 앤드류를 믿지만 시판되는 약이

아니었다. 혹시 모를 독성이나 부작용이 있다면 걸러주어야
했다.

[독성] 무.
[중금속 함유] 무.
[곰팡이 독소] 무.
[투약 여부] 가능.
[부작용] 과량 복용 시 세포괴사와 단백질변형이 일어날 수 있
음.

'좋았어.'
큰 문제는 없었다. 확인을 끝낸 윤도가 시침을 시작했다.
자궁경부암 환자들부터 침을 넣었다. 앤드류가 전후의 샘플
채혈을 했다. 다음은 페드로였다. 혈자리의 응용은 나무인간
증후군에 준했지만 리사의 경우와는 조금 달랐다. 리사와 페
드로의 체질과 질병 상황이 같지 않은 까닭이다.
"됐습니다."
윤도가 첫 혈자리에서의 침감 조화를 끝냈다. 앤드류가 또
채혈에 들어갔다. 그 피는 특수 운반 용기에 넣어졌다.
세 사람에게 채취한 샘플은 모두 36개였다. 한 샘플당 혈액
양은 $3ml$ 정도였으니 큰 부담이 될 일은 아니었다.

"오오, 오오!"

샘플을 채취하는 내내 페드로의 감탄이 이어졌다. 시침이 늘어날수록 그의 나무 피부가 깨끗해졌기 때문이다. 윤도가 마지막 침을 뽑자 페드로가 일어섰다. 그의 몸에 붙어 있던 나뭇조각이 우수수 쏟아졌다.

"오오!"

페드로는 그 조각들을 집어 들고 어쩔 줄을 몰랐다. 그를 괴롭히던 십 수 년 고통이 허물처럼 떨어진 날이다.

그와 함께 노벨의학상, 그 엄청난 영광이 사정권에 들어왔다.

무려 노벨의학상이었다.

*　　　*　　　*

"성 기자."

글로벌 제약사 써라원의 한국 본부 세미나실에 기자들이 몰려들었다. 그중 하나인 HH방송의 의학 전문 백제규 기자가 성수혁을 불렀다.

"백 차장도 왔네?"

성수혁이 다가왔다.

"뭐야? 성 차장도 몰랐어?"

"뭘?"

"미국 최고 의학자이자 바이러스 학자인 앤드류의 방한."

"솔직히 몰랐어. 그러는 백 차장은?"

"대체 어떻게 된 거야? 보도 자료 보니까 인유두종 바이러스에 대해 굉장한 성과를 올린 모양인데 이걸 왜 한국에서 발표한다는 거지?"

"글쎄… 이 친구들이 한국 시장부터 먹으려고 그러나?"

"말이 돼? 북미 시장도 있고 중국도 있는데…….."

"그래서? 백 차장 판단은?"

"나 참, 지금 내가 묻고 있잖아. 이거 뭔가 있는 게 확실하다고."

"그러니까 그 뭔가가 뭐냐고."

"젠장, 만약 앤드류가 한국 의학자와 공동 연구를 했다면 그건 S대나 Y의대, 아니면 KKST 쪽 아니겠어?"

"은근 내공 있는 GGST일 수도 있지."

"정말 소스 없어?"

"글쎄, 한의학 쪽이라면 채윤도 선생일 테지만……."

"미치겠군. 우리나라 바이러스 학자는 아무리 꼽아도 앤드류의 파트너급 인물이 나오질 않으니……."

"시작하나 본데? 일단 굿이나 보고 떡이나 먹자고."

성수혁이 연단을 가리켰다.

연단 끝에서 사회자가 나왔다. 그 뒤로 써라원의 연구실장과 바이러스 전문가 둘이 배석했다. 앤드류는 그 끝에 있었다. 연단의 대형 화면에 불이 들어오면서 앤드류의 기자회견이 시작되었다. 내용은 인유두종 바이러스에 관한 것이었다. 이미 오래전부터 이 연구에 매진해 온 앤드류. 그러다 연구를 접었다지만 다시 재개한 후 첫 기자회견이니 의학계가 촉각을 세울 수밖에 없었다.

'징그럽게도 몰려왔네.'

주변을 돌아본 성수혁이 내심 중얼거렸다. 한국보다 외신 기자들이 더 많았다. 앤드류의 위상을 말해주는 풍경이다.

"인유두종 바이러스……."

앤드류의 설명이 시작되었다. 몇 가지 연구 과정을 보여준 그가 핵심 봉인을 풀었다.

"마침내 저는 HPV의 정복에 다가섰고 유의미한 결과까지 얻었기에 이 자리를 빌려 공표하기에 이르렀습니다. 감히 천명하건대 앞으로 인류는 HPV에 의한 공포를 내려놓아도 될 것입니다."

"우!"

의학 전문 기자들을 필두로 신음이 새어 나왔다. 인유두종 바이러스의 정복, 사실이라면 엄청난 개가가 될 일이다. 다른 사람이었다면 실험실 수준의 실험 하나 가지고 이목을 끌려는 수작. 그러나 발표자는 인기몰이에 관심 없는 최고의 학자 앤드류였다.

"그런데 미국에 기반을 둔 제가 왜 한국에서 기자회견을 하느냐, 의문이 있으실 것으로 생각합니다. 그렇습니까?"

앤드류가 고개를 들자 기자들이 벼락처럼 반응했다. 손을 들어 웅성거림을 막은 앤드류가 뒷말을 이어갔다.

"그건 바로 제 연구에 결정적인 도움을 준 공동 연구자가 한국에 있기 때문입니다."

"우우!"

이번 신음은 비명에 가까웠다. 성수혁과 백 차장도 그 무리에 끼었다.

세계 최고의 바이러스 학자 앤드류. 원래도 노벨의학상 후보로 꼽혀왔다. 그런 차에 방금 발표한 연구가 사실이라면 올해나 내년 노벨상은 따놓은 당상이다. 그건 다만 연구의 공식 발표 일에 달린 일. 그런데 그 공동 연구자가 한국 사람? 그렇다면 한국도 마침내 노벨의학상을 배출할 수 있다는 얘기였다.

"그 학자가 누굽니까?"

성수혁이 먼저 소리쳤다.

"누굽니까?"

"의사입니까?"

"과학자입니까?"

그걸 기화로 여러 질문이 쏟아졌다. 다시 앤드류가 손을 들어 동요를 막았다.

"다시 말하지만 이 연구는 제 오랜 숙원이었습니다. 그러나 마지막 관문에서 기전 규명과 가설 증명에 막혀 포기하고 있었습니다. 그때 바로 이 사람이 등장했지요."

"누굽니까?"

기자들이 입을 모았다.

"여기서 정정합니다만, 어쩌면 이분은 공동 연구자가 아니라 주 연구자라고 칭해야 할 것 같습니다. 잔일은 제가 했지만 HPV의 치료기전과 백신의 핵심 해법은 이분이 제공했으니까요. 즉 이분이 없었다면 제 연구는 중단되고 실험실에는 먼지만 쌓였을 것입니다."

"……."

"소개합니다. 코리아 닥터 채윤도. 이 연구뿐만 아니라 제 생애에 가장 큰 도움과 일깨움을 준 공동 연구자입니다."

'채윤도?'

앤드류의 선언과 함께 성수혁의 시계가 멈췄다. 기자들의 시선이 일제히 앤드류의 손길을 따라갔다. 성수혁도 그랬다. 귀에는 아무것도 들리지 않았다.

웅웅!

환청이다. 성수혁의 느낌은 분명 그랬다.

채윤도.

질병이 있는 곳이라면 그 어디에 나타나도 이상할 게 없는 사람이다. 그가 이룬 신화와 기적을 차곡차곡 챙겨 본 성수혁이다. 그러나 이건 달랐다. 치료가 아니라 과학적 심층 연구, 그것도 불치의 바이러스에 대한 연구.

'채윤도……'

마침내 윤도가 모습을 드러냈다. 앤드류가 다가가 윤도를 맞이했다. 두 학자가 포옹했다. 빛나는 성과처럼 두 사람의 몸에 오라가 피어났다.

뉴잉글랜드 저널 오브 메디슨.

성수혁의 뇌리에 세계 최강의 학술지가 스쳐 갔다.

미국에서의 치매 치료와 나무인간 증후군 정복.

그 과정도 스쳐 갔다.

'그때였군.'

성수혁은 미친 듯이 중얼거렸다. 나무인간 증후군을 치료하고 잠시 사라졌던 윤도. 바로 그때 앤드류와 인연을 맺은 것이다. 그럼에도 윤도는 내색하지 않았다. 세계적인 학자와의 연구를 진행하면서도 자랑하지 않았다. 그 또한 쉬운 일이 아니었다.

'진짜 명의로군. 아니, 천의라고 해야 하나.'

성수혁은 떨리는 어깨를 간신히 진정시켰다. 이 정도면 조금 거만해도 되련만, 이 정도면 조금은 나대도 되련만 윤도는 오만하지 않았다. 그래서 더 빛이 나는 사람이었다.

평펑펑!

카메라 셔터에 불이 났다. 질문도 폭풍처럼 쏟아졌다. 그러나 성수혁만은 질문하지 않았다. 그는 기자 무리에서 비껴서 윤도를 바라보고 있었다.

보물……

윤도는 보물이었다. 보물이기에 가까이보다 조금 떨어져서 보는 게 더 아름다웠다.

〈채윤도〉

〈노벨의학상 수상 후보 0순위〉

〈인유두종 바이러스 정복 눈앞에〉

〈완치 가능한 HPV 치료제와 백신, 대량생산 길 열려〉

〈한국과 미국 최고 학자의 조인, 자궁경부암 환자들에게 낭보를 안기다〉

성시혁의 기사가 숨 쉴 새 없이 타전되기 시작했다.

*   *   *

짝짝짝!

호텔 연회장에 박수 소리가 울려 퍼졌다. 박수의 주인공은 윤도였다. 윤도가 들어서자 한의학의 원로들이 반겨주었다. 장 박사에 더불어 길상구와 조수황, 나아가 김남우와 이창수 등의 거물도 있었다.

"여러분, 우리 채윤도 선생이 왔습니다!"

한의사협회 회장이 목청을 높였다. 좌중에게서 한 번 더 박수가 쏟아져 나왔다. 이 자리는 한의사협회 차원에서 마련한 축하연이었다. 윤도가 공들인 법안이 마침내 국회를 통과된 것이다.

한방 원리에 따른 일반, 전문의약품에 한해 한의사도 처방할 수 있다.

단 한 줄의 문구 삽입. 그것 하나를 이루는 데 걸린 시간은 길고 또 길었다.

"안녕하세요."

테이블을 돌며 인사를 챙겼다.

"채 원장."

포옹하듯 끼어든 건 탁상명이었다. 그도 기꺼이 참석해 있었다.

"나중에 시간 좀 내주시죠. 제가 밥 한 끼 거하게 쏘고 싶습니다."

"하핫, 딱히 그러시지 않아도……."

"이웃사촌끼리 왜 이러십니까? 저도 면 좀 세우자고요. 덕
분에 채 원장님의 신약을 쓸 수 있게 되었지 않습니까?"

탁상명이 속삭였다. 이제는 그의 마음을 알기에 수락해 주
었다.

"그럼 채윤도 선생의 소감 한마디 청해 듣겠습니다."

인사가 끝나자 회장이 바람을 잡았다. 머쓱했지만 좌중 앞
에 나설 수밖에 없었다. 장 박사와 길상구의 시선까지 재촉하
고 있었다. 윤도가 좌중을 향해 예를 갖췄다.

짝짝!

뜨거운 박수가 윤도를 맞았다.

"바쁘신 가운데 자리를 빛내주셔서 감사합니다. 이번 일은
저 또한 한의사로서 느끼던 한계에 더불어 한의사의 작은 권
리를 위해 뛰었을 뿐입니다. 좋은 성과가 나오도록 주변에서
도와주신 선후배 제위 여러분께 영광을 돌립니다."

짧은 인사로 소감을 대신했다. 굉장한 성과라지만 윤도의
나이는 어렸다. 수십 년 한의학에 종사해 온 선배들 앞에서
일장 연설 해봐야 좋을 거 하나도 없었다.

"드시게."

장 박사가 잔을 채워주었다.

"내가 말했잖소. 여기 채 선생, 백 년에 하나 날까 말까 한 명의라고."

장 박사는 흥분을 감추지 않았다. 같은 테이블에 앉은 사람은 모두 여섯. 다들 한의학으로 일가를 이룬 사람들 앞이건만 장 박사는 거듭 폭주해 나갔다.

"우리가 처음 만난 게 갈매도였지?"

"예."

윤도가 답했다.

"그때 사실은 웬 선무당이 사기를 치는 게 아닌가 싶었지. 그런데 만나서 얘기를 해보니 그게 아니더라고."

"제 얘기를 하시는군요."

옆자리의 길상구가 장단을 맞추고 나왔다.

"길 박사도 그러셨나?"

"당연하죠. 실은 선배님도 맛이 갔구나 싶었습니다. 요즘 세상에 신의(神醫)타령을 하면서 연수생으로 쑤셔 넣으니……."

"그건 이 사람도 마찬가지입니다."

이번에는 김남우가 나섰다. 그는 한의원까지 쳐들어간 경험담이었다.

"그 후로의 일은 어떤가? 일본으로 중국으로 미국으로… 동에 번쩍 서에 번쩍하더니 이제는 노벨의학상 후보에 우리 숙원이던 법안까지 고쳐놓았어."

"아직 후보가 된 것은 아닙니다."

윤도가 장 박사의 폭주에 슬쩍 제동을 걸었다.

"그게 중요한 게 아니네. 솔직히 우리나라에서 활동하는 의학자 중에 노벨의학상에 거론된 적이라도 있나? 한의사는 더욱 그렇지. 이건 거론 자체만으로도 굉장한 거라고."

"너무 그러시면 제가 민망합니다. 다른 훌륭한 분들도 많은데……"

"많지. 너무 많지. 솔직히 나부터 자기 주머니만 채우려고 해서 탈이지."

"박사님은 너무 정곡을 찌르시는군요."

회장이 뒷목을 긁었다. 사실 회장의 한의원은 비싼 탕약으로 정평이 나 있었다. 그 탓에 몇 번 고소와 고발을 당하기도 했다. 하지만 쟁점은 가격이 아니었다. 탕약은 정해진 가격이 없었다.

문제는 효과였다. 가격이 약간 비싸더라도 질병이 낫는다면 그걸 문제 삼을 사람은 없었다. 그 증거가 바로 윤도였다. 윤도의 탕약이야말로 가격이 없었다. 가난한 사람에게는 원가에 약간 더한 값을 매겼고, 넉넉한 부자들에게는 질병의 무게만큼 가격을 매겼다. 그러나 문제가 된 적은 없었다.

"잘나갈 때 조심하라고, 이럴 때 우리 한의학계도 쇄신과 변화의 모습을 보여야 하네. 서울 한방의료원도 그런 쪽으로 가닥을 잡을 생각이네."

장 박사가 회장에게 당부했다.

"한의사협회도 국민 편에서 쇄신하는 성명을 낼 생각입니다. 그래야 최근 들어 눈에 띄게 개선된 한의사의 위상이 더 좋아질 것 같습니다."

"형식이 아니라 실질 쇄신을 부탁하네. 이런 기회를 못 살리면 한방은 영영 찬밥 의학 신세를 벗어나지 못할지도 몰라."

"대의원들도 중지를 모았습니다. 원로분들께서 많이 도와주십시오. 그리고 우리 채윤도 선생도."

회장이 윤도를 바라보았다.

"제가 감히 나설 자리가 됩니까?"

"무슨 소리인가? 채 선생이 우리 선봉이야. 그 방향이 아름답기에 우리가 후광을 입는 거 아닌가? 아, 그리고 중의학중앙회에서 굉장한 제안이 들어왔다네."

"중의학중앙회요?"

윤도가 고개를 들었다.

"그쪽에서 공식적으로 온 문의인데, 채 선생에게 침술 강좌를 듣고 싶다더군. 한 20여 명 남짓 보내고 싶다는데 가능하겠나?"

"그걸 제가 해야 하는 겁니까?"

"그쪽에서 채 선생을 지명했네. 어떤 케이스를 보여줘도 상관없다는 조건까지."

"허어, 대단하군. 한방의 종주국을 주장하는 콧대 높은 대국에서 침술 연수를 오겠다니."

김남우가 감탄했다. 전 같으면 있을 수 없는 일이었다.

"듣자 하니 중국 주석이 배후에 있는 모양입니다."

"중국 주석?"

테이블의 시선이 회장에게 쏠렸다.

"최근에 중국 주석이 중의학중앙회 만찬장에 참석한 모양입니다. 그 자리에서 채 선생 얘기를 한 모양이더군요. 중국의 진정한 굴기는 부족한 것을 인정하고 배우는 정신에 있다. 그런 요지의 말이 나오기 무섭게 우리 협회에 타진해 온 겁니다."

"채 선생."

조수황의 시선이 윤도에게 향했다.

"안 됩니다. 이창수 선생님도 계시고 김남우 선생님도 계신데 제가 어찌 한의를 대표한단 말입니까? 같이 시범을 보이는 거라면 몰라도……."

"허어, 저 사람, 이 늙은이를 들러리 세울 생각인가? 내 지난번에 채 선생 침술을 보았지만 뱁새와 황새의 차이였네. 우리 같은 조랑말이 백 년을 묵는다고 천리마가 될 수 있나? 괜히 늙은이들 상심 들게 하지 말고 한국 침술의 매운맛을 보여 주시게."

"김 원장님 말에 백번 공감하네."

이창수도 공감을 표했다. 결국 중의들의 침술 연수는 윤도가 맡게 되었다. 사실 원로들을 거론하고 나선 건 윤도의 전략이었다. 아직 한의학계 전반의 흐름은 원로들 중심이었다. 그런 차에 덥석 연수를 물어버리면? 싸가지 상실했네, 좀 나가니까 똥오줌 못 가리네, 제 놈이 언제부터 명의였다고 등등의 온갖 구설수 종합 세트를 안을 수 있었다. 그걸 모를 윤도가 아니었다.

"편하신 날을 택해주시게. 저쪽에서는 채 선생 스케줄에 무조건 맞추겠다고 했네. 연수비도 이쪽에서 원하는 대로 치르겠다고 했고."

회장이 말했다.

"연수비 문제가 있었군요. 그건 얼마를 받아야 할까요?"

"저쪽 예산이 2억 정도 된다니 두당 천만 원 정도 받게."

"천만 원?"

"너무 비싼가? 하지만 저들도 선례가 있네. 전에 우리가 침술 연수를 요청했을 때 3박 4일 일정에 800만 원을 요구한 적이 있네. 지금은 물가도 많이 올랐으니 무리도 아니지."

"제 생각은 반대입니다만."

"반대라면 적다는 건가?"

"예산이 2억뿐이라니 그건 어쩔 수가 없고… 대신 20여 명은 너무 정신없으니 천지인의 상징으로 세 명만 보내라고 해주십시오. 기간은 이삼 일이면 좋겠습니다."

"세 명에 이삼 일?"

"숫자로 의술을 배우는 건 아니지 않습니까? 한 사람이 한 번이라도 제대로 보고 가서 전파하면 될 일이지요."

"저들이 수용할까?"

"이의를 제기하면 이 말을 해주십시오. 채윤도가 기업에서 1회 강연으로 받은 강연비가 수억 원이었다고."

"……!"

윤도의 역제의에 회장은 할 말을 잃었다. 수억 원은 실제로 있었던 일이다. TS의 강연이 그랬다. 아니, 그게 아니더라도 윤도가 강연을 뛰면 회당 수천만 원은 문제가 없었다.

돈보다 더 기막힌 건 윤도의 사고방식이었다. 윤도의 침술은 국제적으로 정평이 난 일. 양보다 질을 내세우니 중국 측에서도 할 말이 없을 것이다.

게다가 마지막 말은 더 아름다웠다.

"그 2억은 협회 발전 기금으로 쾌척하는 것으로 추진해 주시기 바랍니다."

"협, 협회 발전 기금?"

“예.”

“콜!”

회장은 닥치고 찬성을 외쳤다. 중국의 콧대도 꺾으면서 실질을 안겨줄 묘수. 거기에 협회 발전 기금이라니 앞뒤 잴 필요가 없었다.

3. 올챙이(?)가 줄줄줄

수요일, 접수실에서 소란이 일었다. 환자들 틈에 앉아 있던 90살 할머니였다.

"아유, 세상에 이런 법이 어디 있대요? 내가 제일 먼저 왔는데 다른 사람만 부르고. 시골에서 왔다고 사람을 우습게 보나?"

할머니의 이유 있는 항의(?)였다. 가방 끈 짧은 할머니는 안내문을 읽지 못했다. 예약 손님 우선, 방문 접수 손님은 번호표를 뽑을 것. 둘 중 어디에도 해당하지 않았기에 호명되지 않은 것이다.

"예약하셨어요?"

정나현이 수습에 나섰다. 예약 전화와 환자들, 방문 손님으로 붐비는 바람에 할머니를 간과한 직원들이다.

"예약이 뭐다요?"

"전화나 인터넷으로……."

"나는 그런 거 몰라요. 아, 사람이 직접 왔는데 예약은 무슨……."

"그럼 번호표는요?"

"그런 것도 몰라. 아무튼 쩌그 저 할망구보다도, 쩌그 저 아가씨보다도 내가 먼저 왔다고."

"저분들은 예약하신 분들이에요."

"아따, 거 노인네 잡고 농담 따먹기 하요? 내가 제일 먼저 왔다니까! 쩌그 사람들에게 물어보라고요!"

할머니가 목청을 높이지만 손님들은 관심을 보이지 않았다.

"죄송해요. 우리 한의원은 워낙 예약 중심이라… 이리 오세요."

정나현이 접수대를 가리켰다.

"아무튼 나 여그 원장님 좀 만나게 해줘요. 그 양반이 그렇게 용하다기에 밤새 달려왔어라."

"어디가 불편하신데요?"

"원장님 뵙고 말할라요."

"할머니, 초진 등록부터 해야 해요. 주소하고 주민등록번호, 전화번호 알려주세요."

"아따, 원장님 만나서 말한다잖아! 색시가 원장님이야?"

할머니가 핏대를 올렸다. 소란을 들은 윤도가 접수실로 나왔다.

"정 실장님, 내가 모실게요."

윤도가 정리했다. 보아하니 사회 시스템을 이용하기에는 너무 연로한 어르신. 갈매도 생각이 나서 원장실로 모셨다.

"어디가 편찮아서 오셨어요?"

윤도가 물었다.

"선상님이 그 유명한 채윤도라는 한의사여?"

"예, 제가 채윤도입니다."

"워매, 명의라길래 한 오륙십 줄은 되었나 했더니 아주 새파란 총각이네, 총각이여."

"진맥부터 할까요?"

윤도가 할머니 손을 잡았다. 그러자 할머니가 홱 손을 잡아 뺐다.

"진맥하려고요. 맥을 잡아야 어디가 불편한지 알지요."

"침쟁이 한약쟁이가 진맥하는 건 나도 알아."

"그런데 왜요?"

"환자가 내가 아니거든."

"예?"

윤도가 고개를 들었다. 환자가 아니라니?

"원장님, 요것이 내 전 재산이라요."

할머니는 다짜고짜 고쟁이에서 주머니 하나를 꺼내놓았다. 그걸 훌훌 터니 5만 원짜리를 둘둘 만 뭉치 하나와 수십 년 된 금가락지, 금팔찌 등이 나왔다. 현금은 50만 원쯤 되어 보였다.

"할머니……."

"실은 우리 아들이 6대 독자에 38살인데 손주 소식이 없어. 원체 가난하다 보니 나라에서 주는 혜택으로 그 시험관 애기인지 뭔지까지 해봤는데도… 내 나이 내년이면 90이라 영감 곁으로 갈 날이 내일모레인데 집안 문 닫았다는 소식 전하게 생겼잖아. 그런데 우리 젊은 이장이 원장님 애기를 하네. 이 양반이라면 틀림없이 손주 보게 해줄 거라고. 그래서 내 전 재산 다 싸가지고 쩌그 노량진 수산시장 올라오는 어촌계장 트럭 언어 타고 왔어. 이거 받고 우리 아들 부부 애기 좀 낳게 해줘. 손자가 안 되면 손녀도 괜찮아."

할머니는 숨도 쉬지 않고 말했다. 90줄의 할머니. 유교 사상 속에 살았을 것이다. 그렇기에 절박하고 애달픈 마음으로 보였다.

"할머니……."

"착한 아들 부부는 내가 여수 친척집에 마실 간 줄 알아. 여기 온 줄 알면 미쳤다고 하겠지만 나 안 미쳤어. 우리 집안이 씨 없는 집안이 아니거든."

"아드님은 어디 계신데요?"

"어촌계장 양식장에서 일하지. 아들 몸이 좀 허약해고 돈이 없어서 그렇지 부부 금슬은 최고로 좋아. 그 옛말에 금슬이 좋으면 아이가 없다더니……."

"불임이면 부부가 함께 와야 해요."

"해줄 거야?"

"먼 데서 오셨는데 어쩌겠어요. 치료가 가능하다면 돈은 많이 들지 않으니까 이건 챙겨두세요. 결혼 패물 같은데 며느님 물려주셔야죠."

"그럼 이거 좀 부탁해. 1번 누르면 우리 아들이야."

할머니가 낡은 폴더폰을 내밀었다.

"아들이요?"

"저번에 내가 농담 삼아 원장님 찾아간다고 했더니 우리같이 돈 없는 사람 만나주지도 않을 거라고 했거든. 그러니 원장님이 직접 말해줘요. 치료해 주겠다고. 아들놈이 내 말은 잘 안 들어. 여기도 여수 시내에 있는 친척집 간다고 거짓부렁 치고 온 거라니까."

'허얼!'

할머니의 열정에 혀를 내둘렀다. 90 나이에 생선 트럭 얻어 타고 서울행 강행. 엄두도 내기 어려운 일이다. 그럼에도 혈통 보존을 위해 무리수를 둔 할머니였다. 그러니 어쩔 것인가? 별 수 없이 예약 1순위로 올려놓았다.

"이거……."

나흘 후에 올라온 할머니의 아들이 보따리 하나를 내밀었 다. 그는 아내를 동반하고 왔다. 둘 다 나른한 병색이 엿보였 다. 특히 남편 쪽은 얼굴의 비대칭 때문인지 첫인상이 좋지 못 했다. 그래도 부부 사이는 정다워 보였다.

"뭐죠?"

"서대라고… 어머니께서 갖다 드리라네요."

보자기를 풀자 비린내가 끼쳐 나왔다. 반건조된 물고기였 다. 모양은 쭉 잡아당겨 늘여놓은 광어처럼 생겼다.

"굽거나 찜을 하시면 맛이 기가 막힙니다. 어머니가 여수 어 시장에 가셔서 제일 좋은 것으로……."

서대를 내미는 남자는 머쓱한 표정이다. 윤도도 그랬다. 다 짜고짜 생선 보따리라니…….

"이런 건 받지 않습니다."

일단 사양했다. 진료도 하기 전에 뇌물(?)을 챙길 수는 없 었다.

"안 됩니다. 이거 가져다 드리고 원장님 사인 받아오라고 하셨거든요. 어리바리하다 오면 집에도 못 들어올 거라고······."

"······!"

윤도는 말문이 막혔다.

"그럼 일단 맡아두죠. 처분은 치료 끝난 후에 생각해 보기로 해요."

부부의 예진은 안미란에게 맡겼다. 그사이에 윤도는 어린이 환자를 시침했다. 집중력이 유난히 떨어지는 아이였다. 신장의 문제였다.

"어릴 때 많이 놀란 적이 있죠?"

보호자에게 묻자 그렇다는 대답이 돌아왔다.

"그때 신장을 안정시키는 치료를 받아야 했습니다. 신장을 안정시키고 보약 좀 먹으면 괜찮아질 겁니다."

침은 신주혈로 들어갔다. 부드러운 침감으로 기혈을 넣어 사기를 풀었다. 아이의 어둡던 혈색이 밝아지고 눈알에도 생기의 빛이 돌았다.

10분쯤 지나자 안미란이 원장실로 들어왔다.

"진단 나왔어요?"

"남편은 고환통에 발기부전이 있고요, 아내는 월경불순이네요. 몸이 차가운 편이니 따뜻하게 만들고 담이 좀 있어서 대사 조절이 필요해요. 두 사람 다 불임의 원인은 될 수 있을 거 같아요."

"원인은요?"

"남편은 신장 문제 같고 아내는 소장의 문제로 보여요."

"다른 건 없나요?"

"남편이 최근 몇 년 들어 피로감이 심하다고 해요. 부부가 남의 양식장에서 월급제로 일하는데 굉장히 벅차다고……."

"안 선생에게 맡기면 어떻게 치료하실래요?"

"어머, 제가 치료해야 하는 건가요?"

안미란이 경기를 했다.

"해보실래요?"

"하라고 하면 하기는 해야겠지만 불임은……."

"아직 벅차다?"

"원장님 하는 거 잘 보고 배워서 다음번 환자를 맡을게요."

안미란의 붙임성이 작렬했다. 언제 보아도 성격이 좋은 여자였다.

"일단 모셔오세요."

윤도가 웃었다.

"어우!"

침대로 올라가려던 남편이 힘에 겨운 듯 헛숨을 몰아쉬며 멈췄다.

"힘드세요?"

윤도가 물었다.

"아닙니다. 때로 기운이 좀……."

"오래전부터 저렇게 비실거려요. 보약 좀 먹으라고 해도 말 안 듣고 박카스만 먹고 다니더니……."

아내가 울상을 지었다.

부부는 칸막이를 사이에 두고 나란히 누웠다. 여자부터 시작했다. 맥을 짚으니 신장과 소장의 기혈이 사나웠다. 그건 얼굴만 봐도 알 수 있었다. 콧수염 때문이다. 남자들처럼 뚜렷한 건 아니지만 여자치고는 콧수염이 굉장히 진했다.

콧수염은 소장 주관이다. 콧수염이 무성하면 소장의 혈기가 왕성함을 뜻한다. 좋은 일은 아니다. 월경불순에 더불어 불임의 원인이 될 수 있었다. 더불어 간장의 기혈이 불규칙했다. 간장의 기혈이 조화롭지 못하면 모유 수유에 문제가 생긴다. 간장은 젖꼭지를 주관하기 때문이다.

안미란의 진단은 틀리지 않았다. 하지만 간과한 것도 있었다. 난소였다. 아내는 난소에도 문제가 있었다. 이 또한 불임의 원인이 될 수 있으니 기혈의 조화가 필요했다.

'음…….'

진맥을 끝내고 남편에게로 향했다.

"……!"

맥을 짚은 윤도가 미간을 찡그렸다. 답은 여기 있었다. 아내보다 심각한 남편. 그 문제는 한두 가지가 아니었다. 그러니 임신이 되지 않을 수밖에.

'기산(氣疝)······.'

첫 진단이 나왔다.

고환 쪽으로 촉각을 세웠다.

'백음(白淫)······.'

병명이 하나 더 붙었다. 보통 생식기가 좋지 않으면 삼음교 혈 자리가 쑥 들어간다. 남편은 움푹 파였으니 심각한 수준이다. 그 결과물이 백음이었다. 백음은 정액 꼭지가 풀려 줄줄 새어 나오는 심각한 질환이다. 미치도록 여체를 탐하지만 성관계를 못하는 남자나 성관계가 문란한 경우에 많이 생긴다.

'간허(肝虛)······.'

백음의 원인이 되는 간장에도 문제가 심각했다.

'심장의 열······.'

'허얼!'

자꾸 쌓여가는 진단에 한숨도 함께 쌓였다.

기산부터 짚었다. 기산은 전음(前陰), 즉 성기에 발생하는 질환의 일종이다. 주로 허리와 고환에 통증을 느낀다. 이 병은 발기력이 떨어진 남자가 늘그막에 억지로 성관계를 해서 태어난 사내아이에게 많이 생긴다. 선천적인 질환이기에 치료가 어렵다. 그러나 뭉쳐 나온 기를 침감을 이용해 잘 풀어주면 나을 수도 있었다. 그 운을 좌우하는 게 축빈혈이었다.

다음은 백음이다. 이는 근육, 그중에서도 종근의 병이다. 간에서 왔다. 간장의 열 때문에 근막이 마르면서 종근에 병이 들었다. 종근은 성기를 주관하므로 발기부전에서 발기불능까지 일으킨다.

종근의 이상은 위에서 밝힌 대로 두 가지 경로가 있다. 그렇기에 남편의 페니스는 꺼풀만 남은 듯 축 늘어져 있었다.

한마디로 가련하고 처참했다.

심장의 열도 같은 그 원인의 하나로 보였다. 심장에 열이 있으면 성욕을 억제하기 힘들다. 제때 치료하지 않으면 정액을 배설하게 된다.

진단을 증명하듯 왼쪽 신장의 기혈이 마른 나무 같았다. 그렇잖아도 기산으로 인해 신장의 선천 기가 뭉친 상태로 태어난 사람. 어쩌자고 후천의 정까지 소모하고 또 소모하며 살아온 것이다.

"안 선생님, 아내분 모시고 가서 시침하세요. 시침은 말이죠, 합곡에도 한 대 부탁해요."

안미란에게 지시를 내렸다.

'합곡?'

안미란이 돌아보았다. 윤도가 경락도의 난소 부분을 가리키며 찡긋 신호를 주었다.

"아, 네."

안미란은 이내 말을 알아들었다. 승주까지 나가자 윤도와 환자만 남았다.

"전용호 님."

윤도가 남편을 바라보았다.

"네?"

"불임 원인이 복합적이네요. 신장과 간, 심장을 다 치료해야 할 거 같습니다."

"제 몸이 그렇게나 상했나요? 올 봄 건강진단에서도 그렇게 까지 나쁘게 나오지는 않았는데……."

"사람의 몸이라는 게 혈액 검사 수치로만 결정되는 게 아니 니까요."

"그럼 아기를 낳는 건 불가능하나요? 우리 어머니가 궁금한 건 그건데……."

"그보다 원인이 궁금해서요. 요즘 부부 관계 잘 못하시죠?"

"예……."

남편의 고개가 떨어졌다. 남자들은 이렇다. 정력 문제가 나 오면 고추의 각도가 자존심이 된다. 적어도 수평은 되어야 하 는데 남편의 각도는 아예 0이었다.

"부부 관계 할 때 약 드시나요? 비아그라 같은 거……."

"비아그라는 아니고 친구 놈들이 중국에서 사온 건데……."

남편이 주머니에서 뭔가를 꺼내놓았다. 중국산 짝퉁 비아그라의 결정판이었다.

"효과가 있던가요?"

한숨을 참으며 물었다.

"처음에는 반짝하는 거 같더니 요즘은 거의… 먹으면 심장만 두근거리고 얼굴이 화끈……."

"버리세요. 굉장히 위험한 선택입니다. 가짜 약은 부작용이 많거든요."

"……."

"지금 정액이 새죠?"

"예……."

"언제부터 그랬나요? 제 생각에는 아주 오래전부터 그런 것 같은데……."

"……."

"말씀을 하셔야 합니다. 치료는 한의사 혼자 하는 게 아니거든요. 더구나 불임 치료는……."

"그게……."

"협조 안 하시면 제 치료는 여기서 끝입니다."

윤도가 선을 그었다.

"아닙니다. 말씀드리죠."

단호함에 놀란 남자가 허둥지둥 자백(?)하기 시작했다. 그 자백이 먼 과거로 올라갔다.

남편의 어린 시절은 불행했다. 늦둥이로 태어났고 얼굴 비대칭이 심했다. 또래에게 밥 먹듯이 놀림을 받았다. 사춘기가 되자 비극이 더해졌다. 여자에 대한 호기심은 늘어나는데 대다수 여학생들이 접근 금지를 선언했다.

이불 속 여체 상상과 탐닉이 늘어갔다. 백음의 단초는 이웃집 여고생이었다. 그녀를 짝사랑하게 되었다. 하늘이 기회를 주었다. 그녀의 부모가 서울로 간 날, 함께 있게 된 것이다. 마음 착한 여학생은 순박한 그에게 동정심을 느껴 대시를 받아주었다.

두근거리는 심장을 달래며 여학생의 옷을 벗겼다. 이불 위에서 함께 뒹굴었다. 가슴이 터질 것만 같았다. 마침내 이불 속에서, 화장실에서 연예인 수영복 화보를 대상으로 씩씩거리며 간구하던 욕망의 문에 도달한 그였다.

그런데 불행히도 그는 비밀의 문을 열지 못했다. 하필이면 그날, 그 중요한 첫 경험 날에 물건에 파워가 생기지 않았다.

'이거 왜 이래?'

여학생 몰래 거시기를 바라보았다. 온갖 용을 써보지만 거시기는 그의 말을 듣지 않았다. 꿈에도 그리던 욕망의 문에서 헛발질만 해댔다.

"안 돼?"

여학생이 물었다.

"아니, 잠깐만……."

일어서려는 여학생을 누른 채 다시 용을 썼다. 가장 섹시한 야동을 생각하고 가장 섹시한 장면을 생각해도 Off는 On이 되지 않았다. 결과는 변하지 않았다.

"붕신, 불쌍해서 한번 줬더니… 줘도 못 먹냐?"

여학생이 그를 밀치고 일어섰다.

줘도 못 먹냐?

그의 가슴에 필생의 비수가 되었다. 사실 이때까지만 해도 발기 자체는 문제가 없었다. 신장의 선천 기가 뭉쳤다지만 혈기 왕성한 탓이다. 이불 속이나 화장실에서는 큰 문제가 없었다. 이날의 발기불능은 긴장 때문이었다.

어쨌든 실패.

이때부터 그의 여체 욕구는 저 홀로 폭주했다. 얼굴 때문인지 이성을 눕힐 기회는 다시 오지 않았다. 20대가 되자 여체에 대한 욕망은 더 커져갔다. 그렇게 폭주한 욕정이 백음이 되었다. 정액이 저절로 흘러나오게 된 것이다. 24시간 문을 여는 편의점처럼.

"일이 그렇게……."

남편이 고개를 떨구었다.

"그럼 결혼은 어떻게 하셨나요? 약을 먹고?"

"그때까지도 가끔 발기가 되기는 했습니다. 하지만 어릴 때 자신감을 잃은 탓인지 오래가지는 않았고, 다행히 아내도 섹스를 밝히는 편이 아니라서……."

"지금은요?"

"지금은 거의 섹스리스로… 어쩌다 시도하기는 하지만 골대 앞에서 부비부비만……. 부끄럽지만 그러면서도 여자 생각은 또 많이 하게 됩니다. 지금도 몸매 좋은 여자를 보거나 섹시한 연예인 화면을 보며 어떻게 한번 해보고 싶을 때가 많거든요. 그러다 보니 야동도 많이 보게 되고… 가끔은 제가 생각해도 한심하죠. 정액이나 줄줄 흘리고 정작 여자가 벗어도 먹지도 못할 주제에 껄떡거리는 마음은 끝이 없으니까요."

"자책할 거 없습니다. 병이라서 그런 거니까요."

"병이라고요?"

"환자분은 늦둥이입니다. 아버지께서 굉장히 늦은 나이에 낳았을 거예요. 그때 선친께서도 발기가 되지 않는 상황에서 무리해서 낳게 되었습니다. 그런 사람들 중에는 발기력이 떨어지는 사람이 있습니다."

"……."

"발기력에 자신이 없기에 이성에 대한 그리움이 더 강했는지도 모르죠. 여체에 대한 욕정을 실전으로 풀지 못하다 보니 정액이 저절로 나오는 병에 걸린 겁니다."

병이야.

네 생각이 변태거나 야해서 그런 게 아니라고.

윤도의 말은 그에게 큰 위로가 되었다.

"거기에 더해 환자분은 심장의 열이 높습니다. 심장의 열이 높아도 성욕이 왕성해지게 됩니다. 즉 선천적인 요인에 더불어 오장의 부조화로 인해 여자를 밝히는 병이 된 거죠. 그게 자연스러운 섹스를 할 수 있었다면 문제가 되지 않았겠지만 못 하다 보니……."

"아기는 힘들겠죠? 어머니께서 성화시지만 저는 사실 포기한 지 오래되었습니다. 누구보다 제 몸의 꼬라지를 잘 아니까요. 물론 아내도 이런 제 사정을 잘 모릅니다. 정액이 새는 것과 여체에 대한 욕망이 바글거린다는 건 차마 말하지 못했거든요."

"실험관 아기도 시도해 봤다고요?"

"예. 지방자치단체에서 지원하는 사업이 있다고 하더군요. 어머니 성화로 하게 되었는데 모두 실패했습니다."

남편의 미소는 늘어진 고추처럼 맥이 없었다.

"이게 병이라면… 치료는 되나요? 머릿속에 바글거리는 헛된 욕정이 사라질 수 있게?"

"먼 길 왔는데 해봐야죠. 솔직하게 말해주서서 고맙습니다."

"제 아내에게는……."

"당연히 비밀로 해드리겠습니다. 대신 치료가 되면 아내만
사랑하세요."

"그럼요. 그렇잖아도 착한 사람이라 얼굴 마주 보기도 떳떳
하지 못합니다. 저는 불임의 원인이 제 쪽에 있는 걸 알거든
요. 병원에서는 둘 다 문제라고 했지만……."

"양식장에서 일한다고 했죠?"

"예."

"그럼 치료 시작할까요? 저도 섬 생활 해봤는데 자리 오래
비우면 안 되잖아요?"

윤도가 장침 통을 집어 들었다.

일침이구삼약.

사람들은 말한다. 윤도에게도 그랬다. 그러나 매번 어렵다.
그 대상이 사람이고 목숨이기 때문이다. 사람을 살릴 수 있는
명침. 거꾸로 말하면 죽일 수도 있다는 얘기이다.

불임.

시험관 아기조차 실패한 케이스이다. 물론 불가능하다는
진단은 나오지 않았다. 만약 그랬다면 시도도 하지 않았을
일. 그러나 환자는 집안 형편이 좋지 않았다. 작은 시골집에
정부 지원금까지 받고 사는 형편이다. 거기에 더해 자신 몸의
이상을 잘 알고 있었다. 꼭지 열린 수도관처럼 줄줄 흐르는 정

액. 그 안에 좋은 씨가 들었을 리 만무했다.

—기산.

—백음.

—간기와 간허.

—심장의 열.

오장육부로 말하면 신장과 간, 그리고 심장의 문제였다. 인간의 목숨을 관장하는 정(精)으로 보면 선천적인 이상이었다. 선천과 후천이 척박하게 얽히고 꼬이면서 생산 능력이 사라진 남자. 그가 가져온 병원 검사를 보니 정자의 절대 숫자가 적었다.

일반적인 남자의 정자 수는 약 2억 마리 이상이다. 이놈은 정말이지 올챙이의 축소판인데 볼륨, 운동성, 기형 정자 등을 참고한다. 사정되는 정자가 2억이 넘는다고 무조건 임신하는 것도 아니지만 숫자가 적다고, 예를 들어 5천만 마리라고 임신이 불가능한 건 아니었다.

어쨌든 환자의 정자 수는 약 1~2천만에 불과했다. 정상적인 부부 관계로는 불임이 될 가능성이 매우 높은 수치였다.

치료 방향은 정해졌다. 선천적으로 뭉쳐 버린 신장의 기를 푸는 게 지상 과제였다. 다음으로 간허를 치료하고 심장의 열을 잡아 성욕으로 쏠린 본능의 오감을 풀어야 했다.

뿌리부터냐, 가지치기부터냐?

윤도가 잠시 골똘히 생각했다.

고민하는 이유는 두 원인이 팽팽한 까닭이다. 그건 환자의 상태가 말해주고 있었다. 환자는 움직이는 종합병원에 해당했다. 단지 병원에 누워 있지 않을 뿐이다. 고환통에 무기력, 근육 경련과 무기력, 현기증, 모든 기력은 거의 바닥. 환자에게 왕성한 건 마약과도 같은 저주받은 성적 욕망뿐이었다.

'가지치기.'

윤도가 결정을 내렸다. 보통은 원인 제거부터 해왔지만 이 병은 선천적이면서도 고질이었다. 아무래도 쉽지 않은 병이니 부담을 털어내고 맞장 뜨는 게 좋았다.

간의 사기와 심장의 사기.

이것들은 지금 어디에 똬리를 틀고 있을까? 거처 불명의 사기(邪氣) 탐색에는 누가 뭐래도 대릉혈과 전중혈. 여길 찌르면 사기가 반응하게 되어 있다.

"……!"

두 장침이 들어가자 사기의 은닉처가 나왔다. 보통 어려운 병은 역순으로 발병한다. 이 환자의 경우에는 한 번 더 꼬였다. 순행에서 역행으로, 다시 순행과 역행의 혼합형이 된 것이다. 사기는 고황과 제8추 옆에 자리 잡고 있었다. 고황은 본시 심장의 고장을 나타내는 법.

반응이 온 자리에 장침 세 개를 역 피라미드로 세웠다. 은

닉처를 간파당한 사기가 멋대로 뛰었다. 달아나는 방향의 혈문을 막았다. 뒤를 이어 관원혈에 장침을 넣었다. 단전으로, 심장으로 조절하는 처방이다. 마지막으로 삼초경의 양지혈과 중초의 중완혈에 침을 넣어 심장의 열을 식혔다. 삼음교를 대신한 선택이었다.

심장의 혈이 빠지고 있었다. 일단 고질병의 예봉은 꺾은 윤도였다.

'다음은 간기와 간허……'

고환병의 원인이다. 근육이 땅기고 입술에 푸른빛이 돌고 있다. 중증으로 봐야 했다.

아마 윤도를 찾아오지 않았다면 3년 안에 목숨을 잃었을 것이다. 선천적으로 좋지 않던 고환통이기에 간허가 겹친 줄도 모르고 숙명으로만 알고 있던 것이다.

사실 간은 신장을 고치면 낫는다. 그러나 신장에 뭉친 선천정의 해결이 만만치 않기에 작은 부담까지도 치우고 가려는 것이다. 여기 치료혈은 간경이 중심이었다. 간수혈, 곡천혈, 삼음교혈, 대돈혈, 신후혈과 차료혈 등이 대상이 되었다. 윤도의 침은 신후와 차료혈로 들어갔다. 생식기 질환에 두루 쓰는 혈자리이다. 허증은 기를 보하고 울혈은 기를 푸는 것. 고환통을 위해 대횡혈 부근의 아시혈과 지실혈도 함께 시침했다.

"고환 쪽 어때요?"

윤도가 허벅지 안쪽을 건드리며 물었다.

"고환은… 응?"

대답하던 환자가 고개를 살짝 들었다.

"지금은 안 아픈데요?"

"허리는요?"

"응? 허리도……."

"혈자리로 조절했습니다."

"우와, 이게 진통제를 먹어도 잘 안 듣던 곳인데……."

"울거나 화를 내면 더 심했죠?"

"네."

환자가 아이처럼 고개를 끄덕거렸다.

"저 이제 안 아픈 건가요?"

"이건 선천적인 병입니다. 우리 몸에는 정(精)이라고 목숨의 근원이 되는 신성한 물질이 있습니다. 그 원기가 오른쪽 신장에 저장되어 있죠. 환자분은 그걸 너무 낭비했어요. 물론 간과 신장의 질병 때문이었지만 원래도 기가 뭉친 병을 지니고 나왔습니다. 바닥이 난 정을 채우고 태어난 이후 쭉 뭉쳐 있는 기를 풀어야 하는데 쉬운 일은 아닙니다."

"네……."

"이제 준비운동을 한 겁니다. 마음 편하게 먹고 느긋하게 기다려 보세요."

"예."

환자가 대답했다.

장침을 내려놓았다. 대신 뽑아 든 건 나노침이었다. 나노침을 가슴 중앙 부위의 전중혈에 넣었다. 그 끝을 잡고 신장의 사기를 추적했다. 날 때부터 뭉쳐서 나온 신장의 기. 과연 어디가 막힌 걸까? 원기를 담고 있는 오른쪽을 집중했다.

"……."

막힌 부분이 파악되는 순간 윤도는 잠시 전율했다. 양 말단의 두 곳이었다. 하나는 조금 거칠고 또 하나는 그나마 나았다. 그러나 신장의 원기가 흘러나가는 꼭지를 깔고 앉아 방해하기는 마찬가지였다. 덕분에 환자의 원기는 감질나게 쫄쫄 흐를 뿐이었다.

'진격.'

병소를 파악한 윤도가 진격의 나팔을 불었다. 운문혈을 열어 천기를 끌어들였다. 그걸 모아 정으로 만들어 기의 파워를 높일 생각이다. 지원군을 겸해 전중혈을 강화했다. 이 또한 기병에 명혈로 꼽히는 혈자리. 기가 막히는 병에는 여기에 화침을 넣었으니 도움이 될 일이다.

하지만 오랫동안 닫혀 있던 기의 문은 미동도 하지 않았다. 뜻밖에도 강철처럼 견고했다. 어쩌면 진단이 잘못된 것일까 싶을 정도로 요지부동이다.

약침을 동원했다. 몇 가지 약침으로 전중혈 주변을 찔렀다. 침감이 가지 않았다. 30년 이상 막힌 혈문. 봉인된 상태가 루틴이 된 모양이다.

물방울로 강철 뚫기.

그 꼴이 되어버렸다.

'까짓것.'

엷은 미소로 긴장을 풀었다. 물방울로 강철 뚫기, 될까?

'되지.'

윤도는 거침이 없었다. 이는 과학적으로도 증명이 된 일이다. 터널 공사도 물줄기로 뚫고 다이아몬드도 물로 자를 수 있다. 다만 방법이 필요할 뿐이다.

나노침을 뽑아냈다. 장침으로 바꾸었다. 혈자리의 입구까지만 장침을 넣었다. 혈자리 안으로 들어가 막힌 기를 뚫는 게 아니라 막힌 기의 병소를 향해 '발(發)'을 하는 것이다. 더하고 빼는 보사(補瀉)가 아니라 쏘는 발이었다.

침이 조여질 때까지 기를 모았다. 최대한 빡빡하게 조인 후에 침을 돌려 늦췄다. 늦추는 조작이 중요했다. 단숨에 늦춰 기의 가속도를 올린 것이다.

풋!

기가 신장의 봉인을 직격했다. 당연히 뚫리지 않았다. 그 상태로 보사를 거듭했다. 태산을 옮기는 우공이산이었다. 도

끼를 갈아 바늘을 만드는 마부작침이었다. 무모해 보이지만 그렇지 않았다. 고질병의 치료 과정은 사실 과정을 되돌아가는 것과 같았다. 즉 아픈 기간이 길수록 회복도 늦는 법이다. 환자가 37여 년을 살았으니 그만큼 집중된 장침의 기혈이면 뚫을 수 있었다. 다행히 윤도는 신침이었다. 그 침 끝에는 약침액도 보태져 있었다.

풋!

한 시간이 흘렀다.

푸풋!

두 시간이 흘렀다.

'밤을 새워야 하는 걸까?'

차분하게 반응을 체크할 때다. 침 끝을 떠난 침감이 봉인에 제대로 닿았다.

'응?'

윤도가 반응했다. 지금까지의 침감과 달랐다.

풋!

한 번 더.

"……!"

이번에는 미간을 찡그리는 윤도였다. 비로소 봉인의 반응을 감지한 것이다. 호흡을 고르며 침을 조였다. 지금까지의 침보다 훨씬 강한 조임이었다. 그런 다음 단숨에 침감을 늦춰 버렸다.

슈웃!

침감이 벼락처럼 봉인을 향해 날아갔다. 그 침이 봉인에 뚫었다고 느끼는 순간, 환자의 몸 전체에서 검은빛이 피어 나왔다.

"원장님."

놀란 환자가 몸을 뒤척였다.

"잠깐만 그대로요. 잠깐만······."

윤도가 가슴을 환자를 눌렀다. 검은빛은 점점 더 강해졌다. 하지만 오래가지 않았다. 한순간 안개가 걷히듯 말쑥하게 사라진 것이다.

"억!"

환자의 비명이 이어졌다. 손 때문이다. 그의 손이 천지개벽을 했다. 마치 어린아이의 피부처럼 뽀얀 빛을 내는 것이다.

"그대로, 그대로 계세요."

시침에 박차를 가했다. 봉인의 철문이 뚫렸다. 이 또한 질병과의 전쟁. 기회가 왔을 때 몰아붙이지 않으면 적이 전열을 정비한다. 그렇게 되면 어려워진다. 장침이 반대편 봉인을 향해 들어갔다. 그 또한 방법은 같았다. 그러나 효과는 아주 달랐다. 사기의 한 축이 무너진 상황. 그렇기에 또 다른 축의 사기는 쉽게 뚫렸다.

"……!"

환자는 자신의 손에서 눈을 떼지 못했다. 검은 연기가 나던 손이 맑아졌다. 그 손은 믿기지 않게도 아기 피부처럼 되었다. 경악은 시작에 불과했다. 나이 40에 가까운 환자가 원하는 건 아기 피부가 아니었다. 그 바람을 윤도가 알았을까? 장침 하나를 넣자 환자의 몸에도 강철의 자극이 들어왔다.

"어업!"

환자가 몸서리를 쳤다. 고통 때문이 아니었다. 시선은 자신의 중심부에 있었다. 거기 거대한 전봇대(?) 하나가 우뚝 서 있었다. 그 자신이 오랫동안 보지 못한 강철의 전봇대. 어린 시절 친구들과 비교할 때부터 기가 죽던 그 전봇대가 제대로 선 것이다.

"후우!"

환자의 전봇대를 확인한 윤도가 겨우 시침을 멈췄다.

"원장님……."

"고추 확인하세요. 정액이 새나요?"

윤도가 말했다. 환자는 떨리는 손을 사타구니에 밀어 넣었다. 속옷 안에서 그것의 입술을 만졌다. 남자에게는 두 개의 입술이 있다. 하나는 먹고 말하는 입이고 또 하나는 생식기의 입술이다. 둘은 같은 색이다. 그러나 환자의 입술은 늘 울고 있었다. 명칭은 비뇨생식기였지만 앞쪽의 두 글자 역할만 하던 반쪽이었다.

생식기.

하지만 지금은 완전 달랐다. '비뇨생식기'로의 귀환이었다. 눈물을 그친 것은 물론 모래성처럼 허무하게 무너지지도 않았다. 왕성해진 신장의 기혈이 증명하고 있었다.

"신장의 봉인, 해제된 모양입니다."

윤도가 비로소 치료 선언을 했다.

"원장님!"

"병원에서 불임 검사 하신 거 기억하죠?"

"네."

"막힌 선천 기는 뚫은 거 같지만 씨는 어떨지 검사가 필요합니다."

윤도가 검사 용기를 내주었다. 정액을 받아오라는 것이다.

그사이에 윤도는 대기실에 들러 아내를 만났다. 안미란의 시침도 끝나 있었다. 시간은 좀 걸렸지만 그녀는 소장혈을 제대로 잡고 신진대사에도 조화를 이루어놓았다. 그렇기에 아내의 표정 또한 올 때와 달랐다.

"우리 그이는?"

아내가 물었다. 착한 여자였다. 그렇기에 남편 걱정부터 하고 있다.

"치료 잘 끝났어요. 원장님 지시로 정액 검사 준비하고 계세요."

뒤따라온 승주가 설명했다.

"치료가 되었나요?"

"네, 고환통도 사라졌고 다른 고질병도 전부 잡았습니다. 그리고… 불임의 원인이 되는 것도 거의……."

승주는 차마 디테일하게 설명하지 못하고 두루뭉술하게 넘어갔다. 당신 남편 고추가 정상으로 돌아왔다고 대놓고 말하려니 얼굴이 붉어진 까닭이다.

화장실로 간 남편은 바로 정액을 받았다. 그는 두 번 놀랐다. 우선은 발기 시간이었다. 전에는 약을 먹어도 시들거렸다. 그러나 지금은 쇠몽둥이에서 힘이 빠지지 않았다. 감각도 좋았다. 마치 첫 사정의 그날처럼 짜릿짜릿 하게 오르가즘을 느낀 것이다.

다음 것은 정액의 양이었다. 늘 찔끔거리던 정액이 소주잔으로 하나는 되어 보였다. 알짜 없는 맹물 같던 농도도 진했다.

'맙소사……'

남편은 정액에서 눈을 떼지 못했다. 정액을 보고 감격하는 게 태어나 처음이다.

응급검사를 보냈다. 가까운 전문 검사 기관과 거래하기에 문제가 되지 않았다. 오래지 않아 결과가 들어왔다.

지잉지잉!

원격으로 온 결과지가 출력되는 동안 부부는 숨도 쉬지 못했다. 결과 역시 대반전이었다. 정액 양은 넉넉했고 활동성은 Very Active 했으며 정자의 수 역시 4억 마리에 가까웠다.

"여보."

결과를 들은 아내가 남편 품에 안겼다. 불임의 원인이 남편 쪽에 월등하다는 설명을 들은 아내. 남편의 문제가 해결되고 자신의 몸도 좋아졌으니 고민이 사라진 것이다.

"어머니, 아범 고쳤어요. 여기 원장님이 싹 고쳐주셨다고요."

아내가 여수에 전화를 때렸다. 그 전화가 윤도에게 건너왔다.

"어머니가 바꿔달라는데요?"

윤도가 전화를 받았다.

―아이고, 우리 원장님!

전화 속에서 여수 할머니가 끔뻑 넘어갔다. 하지만 이 할머니, 무시무시한 청탁까지 해왔다. 치료의 증거를 요청한 것이다. 결과지를 첨부해 사진으로 보냈다. 바로 문자가 왔다. 옆에 누군가 있어 할머니를 돕는 모양이다.

[할머니가 말씀하시길……]

"……!"

문자를 본 윤도가 경기를 했다. 할머니가 원하는 증거는 검사 결과가 아니라 실물이었다.

"아, 그 양반, 그거 안 해주면 우리 내려갈 때까지 애간장이 녹을 텐데……."

아들은 어머니를 잘 알았다. 별수 없이 실물 증거를 찍어 보냈다. 할머니 쪽에서 답이 날아왔다.

[아이고, 우리 아들, 이제야 사내구실 하겠네. 거시기가 장군감이야.]

할머니의 문자에서 해피엔딩이 엿보였다.

"뭐라고 감사를 드려야 할지……."

"정말 고맙습니다, 원장님."

"덕분에 이제 우리 어머니가 오매불망 원하는 손주를 안겨 드리게 생겼습니다."

부부가 입을 모아 말했다. 하지만 윤도는 아직 마지막 처방을 공개하지 않았다.

"전용호 님."

윤도가 그 처방을 꺼내 들었다.

"네, 원장님."

"아기 낳아야죠. 낳아서 잘 기르세요. 다만 선천 정의 고갈이었으니 신기(腎氣) 뚫렸다고 나오는 대로 펑펑 쓰면 안 됩니다. 그렇게 되면 처음보다 더 나쁜 상황이 올지 모릅니다."

"네?"

"오늘부터 딱 100일, 100일만 금욕하세요. 그런 다음에도 오직 아내하고만 합니다. 아셨죠?"

100일!

금슬 좋은 부부이기에 당장에라도 합방을 꿈꿨던 걸까? 놀라는 표정까지도 똑같이 순박했다. 그 순박함에 마지막 처방을 선물(?)했다. 남편의 비대칭 얼굴에 무료 성형 알선이다.

남편의 정 고갈. 신장의 선천적 요인도 있었지만 뒤틀린 얼굴도 한몫을 했다. 자신감이 없다 보니 이불 속에서 홀로 여체를 탐닉했고, 그 욕망이 지나쳐 병이 되었던 것.

다행히 SS병원의 이창승이 활약해 주었다. SS병원에서는 사정이 딱한 사람을 뽑아 무료 진료를 헤주는 이벤트가 있었다. 그걸 주선해 준 것이다.

─채 선생 부탁이라니까 그쪽 과장님이 무조건 콜이라는데.

소식을 전하는 창승의 목소리가 밝았다.

전액 무료의 리뉴얼. 문의할 때 첨부한 남편의 사진을 보고 온 답변이다. 서비스가 좋은 병원답게 Before와 After 비교

사진도 함께 왔다.

"와아! 우리 신랑 이렇게 하니까 강동원 닮았네!"

사진을 본 아내가 좋아 어쩔 줄을 몰랐다.

"아는 게 그저 강동원. 내가 이 나이에 얼굴은, 고질병 고친 것만 해도 어딘데 언감생심……."

남편이 손사래를 쳤다.

"기왕이면 다홍치마라고 멋지면 좋지 뭘 그래요? 저는 콧수염만 없어졌는데도 기분이 얼마나 좋은지 몰라요."

아내가 인중을 짚었다. 시커멓게 피어올랐던 콧수염은 흔적만 남아 있다. 안미란의 장침이 소장혈을 제대로 치료한 것이다. 돌산도에서 온 불임 부부는 그렇게 희망을 안고 떠나갔다.

불임.

출산을 반기지 않는 시대라지만 불임의 고민은 여전히 만만치 않았다. 시험관 아기가 있지만 비용 측면도 있었다. 게다가 시험관 아기라고 성공률 100%인 것은 아니었다.

"기산을 고치시다니 대단해요. 거기에 간허와 울혈, 심장의 열에 얼굴 비대칭까지 한 방에 싹쓸이……."

안미란이 엄지를 세웠다.

"저는 겨우 3분의 1 역할입니다. 여자분은 안 선생님이 맡았고 얼굴 성형은 SS병원에서 맡기로 했잖아요."

"말이라도 기운이 펄펄 나는데요?"

"으음, 저는 기운이 바닥입니다. 제 기가 다 저 부부에게 갔는지… 기 좀 보충해야겠어요."

윤도는 그제야 땀에 젖은 가운을 벗었다.

4. 발칙한 도발

화요일, 윤도는 의료 관광단을 맞았다. 일본이나 중국, 동남아에서 온 관광단이 아니었다. 그들의 출발지는 갈매도였다.

"채 선생님."

갈매도의 어르신 40여 명을 인솔해 온 은세희가 관광버스에서 내렸다.

"채 선새애앵!"

이장도 내리고 어촌계장도 내렸다.

"저도 있습니다.

굵직한 목소리의 주인은 차명균 선장이다. 그가 빠질 리 없었다.

"아이고, 한의원이 아주 복스럽네."

"그러게요. 아주 딱 채 선생 스탈이야."

"스탈이 아니고 스타일이요."

어르신들이 입을 모으자 은세희가 바로잡아 주었다. 반가운 손님들의 대미는 황 원장이 장식했다. 읍내 참숯한의원 원장인 그도 관광버스에 동승해 있었다.

"원장님도 오셨어요?"

윤도가 반색했다.

"어르신들 가신다기에 나도 침 좀 맞으러 왔지. 어깨에 격통이 심해서 말이야."

"정말입니까?"

"중이 제 머리 깎나? 겸사겸사 채 선생 얼굴도 볼 겸. 안 될까?"

"안 되긴요. 다들 들어가세요."

윤도가 어르신들을 밀었다. 40여 명이 한꺼번에 들어서니 한의원이 복잡했다. 그 정리에는 오랜 시간 걸리지 않았다. 정나현의 활약 덕분이다. 노련한 그녀는 어르신들을 능률적으로 분산시켰다.

"이건 우리 선물."

어촌계장이 쌓아놓은 건 아이스박스였는데 작은 아이스박

스가 20개가 넘었다.

"여기도 있어."

이번에는 이장이다. 그 역시 작은 박스와 쇼핑백, 보따리를 수십 개나 쌓아놓았다. 갈매도 특산품들이다. 생물 생선도 있고 반건조한 것도 있었으며 갈매도에서 나는 채소와 과일도 있었다.

"우와, 갈매도 냄새가 팍팍 풍기는데요?"

과일 하나를 집어 들고 한입 물었다. 폭망한 기분으로 내린 갈매도 선착장. 그러나 대반전을 이루고 특별 제대를 하던 날의 느낌까지 한꺼번에 느껴졌다.

"그럼 치료 시작할까요?"

윤도가 어르신들에게 물었다.

"그려!"

어르신들이 합창으로 답했다.

40여 명. 안미란이 있었지만 돕지 못했다. 어르신들의 똥고집 때문이다. 소소한 신경통과 요통, 두통에도 윤도의 장침을 원했다. 번거롭게 생각하지 않았다. 오직 윤도를 보려고 먼 길을 달려온 어르신들이다. 그들 모두에게 마치 불치, 난치를 씻어내듯 정성을 다해 시침해 주었다.

하지만 브레이크도 걸렸다. 두 명의 할머니는 암이 있었다. 한 사람은 아예 모르고 있었고 한 사람은 알고 찾아온 경우였다. 두 사람을 따로 구분해 오장직자침을 찔렀다. 모르는 할머니에게는 말해주지 않았다. 나이 80을 넘은 분. 어차피 치료해 줄 거라면 모르는 게 약이라고 생각했다.

차명균에게도 침을 놓았다. 어깨가 많이 나빠져 있었다. 그래도 아주 늦지는 않았다.

"그렇지. 침이 이 정도는 돼야지."

침을 뽑자 차명균은 날아갈 듯한 표정을 지었다.

"채 선상, 고마워."

"아이고, 여기로 이사를 오든지 해야지. 침 한 번 맞으니까 삭신이 다 풀리네."

어르신들의 만족도가 하늘을 찔렀다.

황녹수 원장은 몇 가지 질문을 가지고 왔다. 그가 치료하는 환자의 혈자리에 관한 것이었다. 몇 가지 조언을 주자 얼굴이 활짝 피었다. 새파란 후배뻘인 윤도. 그럼에도 기탄없이 조언을 구하는 그가 고마웠다.

"섬에 좀 놀러 와."

"그려. 채 선상이 오면 뭐든지 공짜여."

어르신들이 돌아가는 버스에서 손을 흔들었다. 침 한 방을 위해 하루를 달려오신 분들. 그 정이 고마워 한방 피로회복제를 넉넉히 실어주었다.

"어휴, 정신이 다 없네."

버스가 멀어지자 진경태가 고개를 저었다.

"그래도 푸근하지 않아요?"

"푸근한 것뿐입니까? 저 양반들, 이런 대물도 가져왔어요."

진경태가 약초를 꺼내 보였다. 진귀한 자연 항암버섯과 약재들이다. 생체 분석기를 가동하니 약성도 좋았다. 돈으로 쳐도 수백만 원은 호가할 최상품이었다. 그것 외에도 복령, 후박, 길경 등이 보였다. 윤도가 길경과 후박을 집어 들었다.

"좋은데요?"

약 향을 맡으며 웃었다. 진경태는 고개를 갸웃했다. 항암버섯과 대물 약재도 많은데 도라지에 관심이라니…….

"중의들 연수 대비해서 특별 약침 만들어야 하지 않느냐고 하셨죠?"

윤도가 진경태를 바라보았다.

"예. 이틀 후에 온다면서요?"

"약침은 말이죠."

윤도가 나지막하게 지시를 내렸다.

"……!"

그 말이 또 진경태를 놀라게 했다. 중국에서 오는 중의들. 윤도의 침술에 놀라 그 비법을 배우러 오게 되었다. 목요일과 금요일 이틀에 걸쳐 한의원에 머물며 침술을 참관한다. 덕분에 진경태도 긴장하고 있는 중이다. 중의들의 목적이 침술 연수라지만 약재 또한 연장선상에 있는 까닭이다.

그래서 특급 법제와 대물 약재들로 만든 약침을 생각하고 있었다. 그렇잖아도 최상급의 약침액이지만 중의들에게 한국 약침의 우수성을 보여줘 콧대를 꺾으려는 생각이다. 하지만 윤도의 생각은 그 반대에 있었다.

기본.

그게 윤도의 의중이었다.

"다른 건요?"

"어떤 환자가 문의 전화를 해왔는데 재미난 걸 묻더군요."

"어떤 거죠?"

"이분 모친께서 병이 있는데 너무 연로해서 이런저런 약을 먹기 너무 힘들다는 겁니다. 해서 우리 탕약 중에 마시지 않고 바르는 건 없느냐고."

"바르는 한약이요?"

"요즘 환자들도 까다로워서 별걸 다 요구한다니까요. 저번 환자는 냄새만 맡으면 되는 탕약을 묻더니……."

"재미난 의견이군요. 노령화 시대가 되어 마시기 힘드니 바르는 탕약이라……."

윤도는 고개를 끄떡이며 원장실로 향했다.

"설마 바르는 탕약 만드실 생각은 아니겠죠?"

옆에 있던 정나현이 진경태를 돌아보았다.

"모르지. 워낙 거침없는 분이니."

진경태도 턱을 괸 손을 내리지 못했다.

딸깍!

약제실로 돌아와 문을 닫았다. 테이블에 펼쳐진 갈매도산 약재들을 보았다. 윤도가 관심을 보이던 길경과 후박이다.

'대체……'

이 기본 약재로 뭘 하려고……

진경태의 궁금증은 폭발 직전까지 올라갔다. 그러나 일일이 캐물을 수는 없는 일. 이틀 후가 기다려지기 시작했다.

그날 밤, 윤도는 산해경에서 놀았다. 익숙한 산들을 지나 운우산에 닿았다. 신들의 약재로 불리는 난이라는 나무 앞이다. 신 여럿이 공사다망하여 그냥 지나쳤다. 다음은 곤륜구산에 멈췄다. 약수가 눈길을 끌었다. 이 약수는 새의 깃털조차 가라앉는 물이다. 뜰 재료가 없으므로 손을 넣었다. 손이 젖었다. 물기는 현실에 나와서도 마르지 않았다. 생체 분석기를 돌렸다.

[원산] 산해경 약수.

[약성 함유 등급] 上上품.

[중금속 함유] 무.

[독성 함유] 무.

[약재 사용 유무] 가능.

[용법 용량] 기력이 쇠할 때 공복에 마신다. 하루 3회 마시면 활력이 넘친다. 외상을 입었을 때 피부에 발라도 좋다. 목 질환이 있어 넘기지 못할 경우에도 피부에 바르면 같은 효과를 낸다.

[약효 기대치] 上中.

목이 아프면 발라도 된다.

그 말이 진경태의 말과 겹쳐왔다.

탕약.

오직 마시거나 먹는 것으로 여겨져 왔다. 그렇기에 탕액 아니면 환이 중심이었다. 하지만 세상이 변했다. 위나 목 관련 질환이 있는 사람도 그렇지만 연로하면 약을 삼키기 힘들다. 그래서 작은 요양원 등에서는 간병사들이 알약을 깨느라 바쁘다.

그게 탕약이라도 부담스럽기는 마찬가지였다. 양이 만만치 않기 때문이다.

그럴 때 피부에 발라준다면? 방법의 변화만으로도 굉장한 도움이 될 것 같았다.

의서를 꺼냈다. 도깨비 방망이가 있어 '피부에 발라라, 얍' 하고 끝낼 수 없는 까닭이다.

한약의 경피 흡수.

그러자면 삼투 흡수를 고려해야 한다. 혈중의 약물 농도도 일정 수준으로 유지해야 한다. 한의학에서의 피부는 12경맥의 유주에 의한다. 12경근과 같이 12구역으로 나뉠 수 있었다.

12구역을 계산해 오장에 혈중 약물 농도를 유지하며 기혈 순환을 촉진한다면 가능한 일이다. 다만 피부 각질층과 모공, 피부의 혈액순환 상태 등이 변수가 된다. 나아가 피부를 통해 들어갈 탕약재의 분자량, 수용성, 지용성 등의 요소도 치밀한 계산이 필요했다.

큰 그림이 보였다. 세밀한 과정은 약제실의 분석기와 강외 제약 실험실의 도움을 받을 수 있었다.

바르는 탕약.

윤도의 마음에 들었다. 성공하면 목 넘김이 불편한 환자들을 고통에서 해방시킬 수 있는 일이다.

샤워를 마치고 윤철과 맥주를 한잔했다. 새 프로젝트 팀에 배정된 윤철은 굉장히 고무되어 있었다.

"잘해라. 니가 또 발표에는 고수잖아?"

윤도가 힘을 실어주었다.

"형, 우리 이사님 말이야, 잇몸이 신통치 않다던데 형이 장침 한 방 놔줄 수 있어? 그럼 점수 좀 따고 시작할 텐데."

"No!"

청탁은 단칼에 잘렸다. 이사가 난치병이 있다면 봐줄 수도 있다. 하지만 소소한 질환에 인맥을 내세우는 건 바람직하지 않았다. 윤철이 입맛을 다셨지만 오랜만에 마시는 형제의 술자리는 시원, 상큼 그 자체였다.

빠라빠라빵!

다시 방으로 왔을 때 핸드폰이 울렸다. 발신번호가 길어 한참을 보았다. 번호를 보니 왕민얼이었다.

"웨이?"

윤도가 전화를 받았다.

─채 선생님, 안녕하시죠?

왕민얼의 중국어가 흘러나왔다.

"이 밤에 어쩐 일이세요?"

─어쩐 일은요? 명침 명의에게 보내는 아부성 안부 인사죠.

"혹시 이번 중의 연수단에 왕 선생님도?"

윤도가 물었다. 아직 저쪽 참가자 명단을 받지 못한 까닭이다.

─그러고 싶었는데 지원했다가 잘렸습니다. 여기 병원 사정도 있고요.

"진짜 지원한 겁니까?"

─생각은 굴뚝같았죠. 솔직히 병원 사표 내고 갈까도 싶었는데……

"그렇게까지……."

—중의 연수단 내일 도착하죠?

"예."

—아, 이거 어떻게 말을 꺼내야 하나.

왕민얼은 잔뜩 뜸을 들였다. 뭔가 곤란한 일이 생긴 눈치
다.

"무슨 일 있습니까?"

—그게 아니라… 아, 이거 이러면 내가 내부 고발자가 되는
데…….

'내부 고발자?'

—그래도 제가 채 선생님하고 각별하니 말씀드려야겠네요.
실은 이번에 가는 중의 연수단 말입니다. 약간 불손한 계획이
있다고 합니다.

"불손한 계획이라고요?"

—제 스승님이 중국에서 좀 나가는 명의 아니십니까? 아까
낮에 들은 말인데 중의학중앙회에서 괜한 짓을 벌이고 있다고
성토하시더군요.

"……?"

—지난번 채 선생님의 베이징 활약으로 중의들의 체면이 지
하실로 떨어지지 않습니까? 그걸 만회해 보려고 잔머리를 굴
리는 거 같습니다.

"잔머리라면?"

―이번에 선발된 신진 중에 추이펑, 쑨시앙, 우레이 모두 제 또래인데 굉장한 실력자들이랍니다. 특히 추이펑은 광둥의 천재로 소문난 침의 명인이지요. 혹시 호망조각(毫芒雕刻)이라는 예술을 아십니까?

"처음 듣는 말인데요?"

―이게 우리 전통 예술의 한 분야인데 미니 조각, 혹은 정밀 미세 조각으로 불리죠. 털끝이나 쌀알처럼 작은 물체에 조각을 하는 건데 모래와 머리카락에도 작품을 그릴 수 있습니다. 그 친구의 조부가 광둥성 지역에서 최고로 꼽히는 호망조각가였는데 추이펑도 그 손재주를 이어받아 손재주가 굉장하다고 합니다. 천부적인 감각으로 혈자리를 잡는 통에 그쪽 지역에서 내로라하는 원로 침술가들과의 침술대전에서 연승을 거뒀다고 합니다.

"침술대전이라는 게 있습니까?"

―우리 중국 중의들의 전통 아닌 전통인데, 말하자면 일본의 도장 깨기 비슷한 겁니다. 돈 많은 갑부 집에서 중증 환자가 나오면 명의로 불리는 중의를 초대하지요. 맥을 보게 한 다음 어떤 혈자리를 어떻게 잡을지 의견을 듣습니다. 그런데 그 친구, 최근에는 일침즉효의 묘방까지 여러 번 선보였다고 하더군요.

"……?"

―같은 중국인으로서 낯부끄러운 작태지만 아무튼 중의학
중앙회의 의도는 연수를 빙자해 채 선생님을 누르려는 수작
입니다. 최고로 불리는 채 선생의 침술을 젊은 중의를 통해
누름으로써 중의 침술의 굴기를 부각시키려는 거지요.

"그렇군요."

―아무렇지도 않습니까? 저는 같은 중국 사람이라도 화가
나는데.

"왕 선생님처럼 좋은 분이 있으니 됐지요."

―채 선생님…….

"그 연수, 제가 침술 자랑하려고 모시는 거 아닙니다. 한중
의 침술 교류를 위해 받아들인 일이니 크게 걱정하지 마십시
오. 연수단이 무슨 생각을 가지고 있든 주관자는 저니까요."

―채 선생님 생각은 아름답지만 연수단 목적이 불순하니까
그러는 거죠. 아무튼 참고하시기 바랍니다.

"그러죠. 고맙습니다."

통화가 끝났다.

'중국 중의학중앙회…….'

잠시 생각에 잠겼다. 어쩐지 거액의 배팅이었다. 2억은 작은
돈이 아니었다. 사실 윤도는 중의학중앙회에서 거절할 것으로
생각했다. 그럼에도 연수를 추진하기에 두 가지 생각을 했다.

'대국이라 제대로 지르는구나.'

'뭔가 꿍꿍이가 있는 건가?'

결국 후자가 당첨되었다.

크게 신경 쓰지는 않았다. 침술이라면 쌀알에 조각하는 호망조각가가 아니라 티끌에 조각하는 감각을 지닌 사람이 와도 자신이 있었다. 더구나 공명심을 앞세운 친구들이라면 의식할 필요도 없었다. 의술이라는 탑은 공명심으로 쌓을 수 있는 게 아니었다.

일침즉효.

그런 경우라면 윤도도 셀 수 없이 많았다.

하지만 윤도의 평정심은 처음 만난 추이펑의 한마디로 금이 가고 말았다.

목요일 오후였다. 인솔자인 한의협회 사무차장과 중의 셋, 그리고 중국 통신사의 기자가 도착했을 때다. 한의원에 들어선 추이펑, 윤도가 우레이와 인사를 나누는 동안 벽의 액자들을 바라보고 있었다.

그의 시선이 한 액자에서 멈췄다. 윤도가 중국 명의순례 연수를 마치고 받아온 연수증이었다.

"추 선생, 뭐 하십니까?"

우레이가 추이펑을 불렀다. 연수증에 꽂힌 추이펑이 대답도 없이 중얼거렸다.

"채 선생님, 혹시 헤이싼시호에서 침술에 눈을 뜬 겁니까?"

헤이싼시호?

그럼 너도?

헤이싼시호······.

그 말에 윤도가 반응했다. 추이펑의 시선은 윤도에게 꽂혀 움직이지 않았다.

"헤이싼시호를 아십니까?"

윤도가 물었다.

"명의순례를 했거든요."

추이펑의 눈가에 미세한 미소가 스쳐 갔다. 기분 나쁜 표정 이다.

"침술에 눈을 떴다는 게 무슨 뜻입니까?"

"모르십니까?"

"추 선생님."

"헤이싼시호에는 전설이 있지요. 그곳에 빠졌다가 살아난 사람, 특히 소년 물귀신을 보고도 살아난 사람은 그가 꿈꾸던 분야의 재인이 된다는······."

"······."

"채 선생님은 그곳에 빠졌다 살아났지요. 그렇죠?"

"그건 맞습니다."

"저도 거기 빠져보았습니다."

"······!"

다시 윤도의 시선이 출렁거렸다. 추이펑, 무슨 말을 하려는 건가?

"명의순례 코스를 마치고 돌아가던 길이었습니다. 버스가 검은 호수를 끼고 돌다 휴게소에 멈췄지요. 거기서 이상한 노인을 만났어요."

'노인?'

윤도의 혈관에 짜릿함이 스쳐 갔다. 그 노인이 그 노인일까?

"중병에 걸린 가련한 아이를 업고 있더군요."

"······!"

마침내 윤도의 심장이 엇박자로 뛰었다. 노인과 병든 아이. 추이펑의 이야기는 점점 운명 속으로 치닫고 있었다.

"식당에서 밥을 먹는데 노인이 다가왔습니다. 솔직히 역겨운 모습이었죠. 아이를 업은 채 진료를 부탁했습니다. 그 몰골이 너무 흉해 우리 가이드가 쫓아냈지요."

"······."

"명의의 마음가짐과 흔적을 돌아보자는 마당에 병자를 내쳤으니 마음이 편치 않았습니다. 식사를 서둘러 마치고 나왔지요. 노인은 담장 아래 앉아 아이 이마를 닦아주고 있더군요. 우리에게 실망한 건지 제가 다가가도 냉소만 흘렸습니다."

"······."

"용서를 구하고 침을 놔주었습니다. 소년에게."

"진료를 했다는 건가요?"

윤도가 물었다.

"예."

"어떤 병이던가요?"

"나병이었습니다."

'나병?'

"내 실력으로 어쩔 수 없는 병이기에 두 혈자리를 잡아 원천 기를 보강해 주었죠. 태충혈과 태계혈."

추이평의 시선은 윤도의 눈에서 떨어지지 않았다. 표정 역시 집요할 정도로 윤도를 쏘고 있었다.

태충혈과 태계혈.

요혈이다.

30여 년 전만 해도 응급환자에 대한 한의사의 왕진이 많았다. 이때 하는 일이 태충혈과 태계혈의 확인이었다. 태충혈은 간장에 딸린 경락이다. 12경맥의 하나로 꼽히는 간경의 원혈이다.

반면 태계혈은 신장 경락인 신경의 원혈이다. 원혈이라 하면 경락을 대표한다. 당해 경맥의 병을 치료하는 데 기본이 된다. 두 혈은 심장에서 가장 먼 곳에 있다. 발뒤꿈치와 발등에 자리하고 있다.

양방의 관점에서도 심장에서 먼 태충혈과 태계혈에 힘이 있다면 심장 상태가 양호하다는 증거가 된다. 이 두 혈이 힘차게 뛴다는 것은 응급한 상태만 넘기면 건강을 회복할 수 있다는 신호였다.

"그때는 몰랐지만 나중에 알았습니다. 아이의 두 혈은 사람의 것이 아니라는 걸."

"……?"

"시침을 마치니 노인이 말합니다. 진짜 명의가 되고 싶으면 헤이싼시호에 뛰어들라고. 그 호수의 산맥은 아홉 구침처럼 아홉 개의 영맥에서 흘러나온 영수(靈水)로 채워졌으니 진맥과 침술에 도움이 될 거라고."

"……."

"다만 이런 말을 덧붙이더군요. 대신 조심하라. 거짓된 자들은 목숨을 잃을 수 있다. 그 안에는 선악을 판단하는 소년 귀신이 있으니 그걸 보고도 살아나면 의술의 명가를 이루리라."

"……."

"뻔한 전설이겠지만 한의학의 명의들에게도 전설은 많잖습니까? 무심코 걸어가다 검은 호수에 닿았습니다. 그 검은 물결 안에 흰빛이 보이더군요."

'흰빛…….'

윤도의 날숨이 소리 없이 나왔다. 뇌리에 그날의 장면이 스쳐 갔다. 그 아비규환과 절망의 순간들, 그리고 그때 만나게 된 한 줄기 숭고한 흰빛.

"그 빛에 홀려 안으로 들어가게 되었습니다. 무릎 깊이까지 들어갔을까? 걷어 올린 바지가 흘러내려 조금 더 걷으려 하는데 물속에 들어간 제 손 주변이 환하게 변하더군요. 순간 너무 놀라 주저앉고 말았습니다. 그 환한 빛. 조금 전에 침을 놔준 아이 같았거든요."

"……!"

"겨우 정신을 수습하고 확인하려 할 때 호수 안전관리원들이 달려왔습니다. 결국 끌려 나오고 말았죠."

"……."

"저는 발목 위까지밖에 들어가지 못했지만 선생님은 사고 때문에 부득 물에 잠겼었지요?"

"그렇긴 합니다만."

"제 말이 너무 허황되나요?"

"그래서 추 선생님은 그 뒤로 진맥, 침술의 명의가 되었습니까?"

"그거야 호사가들이 지어낸 말이지만 명의순례 후에 깨달음을 얻었습니다. 침술이 질병을 고치는 게 아니라 마음이 병을 고치는 것이라는 것. 검은 절망 안에도 흰 희망이 있으니 눈에 보이는 대로 판단하지 말라는 것."

"부럽군요. 그 깨달음에 더불어 병자에게 베풀어준 인술. 우리 팀도 사실 그 노인을 보았지만 누구도 손을 내밀지 못했습니다."

"아직 기회는 많습니다. 그 노인과 아이, 아직도 그곳에 있더군요. 한국으로 오는 길에 들렀다가 만났거든요. 아이의 중병도 여전하고요."

아직 거기?

말도 안 되는 소리였다. 그 아이를 호수 속에서 보았기 때문이다. 그러나 말이 될 수도 있었다. 윤도가 겪은 일 자체가 말이 안 되는 까닭이다.

"말이 길었습니다. 연수중을 보니 문득 생각이 나서……."

추이펑이 마무리를 했다. 기분이 편치 않았지만 토는 달지 않았다. 설령 그가 윤도와 같은 체험을 했다고 해도 말로서 묻고 답할 수 있는 일이 아니었다.

약제실에서 기념 촬영을 했다. 안미란도 함께 어울렸다. 다행히 그녀도 중국어를 조금 할 줄 알았다. 그러나 중의들의 관심은 무엇보다 침술이었다. 윤도가 쓰는 침을 보여주자 눈빛부터 달라졌다. 특히 장침과 망침, 나노침이 그랬다.

시침받을 환자는 따로 준비하지 않고 예약 차례대로 진행했다. 그래도 일일이 환자들의 허락을 받았다. 윤도를 믿는 환자들은 취재와 중의의 참관, 그들의 시침 가능성을 흔쾌히 수락해 주었다.

첫 환자는 미맹 환자였다. 가정불화로 빙초산 음독을 시도한 후유증이었다. 구급차에 실려가 위세척을 받았다. 혀가 붓고 인후가 막혔다. 겨우 목숨을 구했지만 미각세포가 작살났다. 단맛을 제외하고는 맛을 느끼지 못하게 된 것이다.

어떻게 시침할 것인가?

각각 진맥을 한 후에 중의들과 토론을 벌였다.

―비장과 심장.

답은 금세 나왔다. 세 중의는 잘나가는 수재들이었다. 중국에서 임상 경험도 2, 4년 차에 접어들어 초보 딱지는 떼었다. 무엇보다 중의학중앙회에서 선발한 재원들이었으므로 이론은 윤도보다도 빠삭할 정도였다.

치료혈에 대한 견해도 헐렁한 곳이 없었다.

"오미를 감별하기 위해서는 비장을 치료해야 합니다."

"심장부터 잡아야 혀의 기혈이 힘을 받고 그래야 음식 맛의 감별이 용이해집니다."

윤도와 안미란도 진지했다. 열린 토론은 언제나 즐거웠다. 총론으로 보면 둘 다 맞았다. 그러나 각론으로 생각하면 둘은 조금 차이가 있었다.

맛!

맛집이 유행이다. 먹방이 유행이다. 식욕은 인간의 본성이라지만 역사 이래 이처럼 맛과 먹거리가 삶의 유토피아로 대두된 시기는 없을 것 같았다. 그 맛은 입과 혀가 감별한다. 한의학으로 보자면 입은 오곡의 맛을 구분하고 혀는 음식의 맛을 구분한다. 비슷한 것 같지만 조금 다르다.

오곡이나 음식을 먹을 때 맛을 느끼지 못하거나 쓴맛이 올라오면 비장과 심장의 병이다. 모든 음식이 다 쓰다면 심장의 열 때문으로 판단한다. 시면 간장의 열이 비장을 침범한 것이고, 매우면 폐의 열이 원인이다. 짜면 신장에 열에 있음을 알수 있다.

비장과 심장.

하지만 윤도의 결론은 다르게 나왔다.

폐.

그 한마디에 우레이와 쑨시앙이 고개를 세웠다.

"비법 침이라 그렇습니까?"

우레이가 물었다. 신침을 놓는 명의라면 일반적인 혈자리와 다를 수 있었다. 그들은 그걸 알고 있었다.

"아닙니다. 원인이 거기 있을 뿐."

윤도가 고개를 저었다.

"혀와 입의 문제가 아닙니까? 환자는 강한 빙초산을 마시는 바람에 혀와 입의 정기가 타버렸습니다. 그렇다면 비장과 심장이 고래의 처방입니다."

쑨시앙은 쉽게 납득하지 않았다.

"혀와 입의 문제인 것 같지만 후각의 문제입니다. 코 때문에 냄새를 못 맡게 되고 그로 인해 미각이 다운된 걸로 보입니다."

"⋯⋯!"

"일단 시침부터 하죠. 환자를 오래 기다리게 할 수는 없으니까요."

윤도가 일어섰다.

침구실 쪽은 이미 준비가 끝났다. 환자에게 장침이 들어갔다. 손가락의 상양혈이 시작이었다. 다음은 곡지혈을 찔렀고, 얼굴의 화료를 거쳐 영향혈에서 마무리했다. 폐경에도 중부혈을 비롯해 두 곳의 아시혈을 찔렀다. 침의 부작용에 대한 시침은 곡지를 잡았으므로 생략했다.

후각은 중요하다. 흔히들 맛에 둔감해지면 혀를 탓하지만 그보다는 코에 문제가 있는 경우도 많았다. 냄새를 맡는 신경은 비강 위쪽에 위치한다. 염증이나 종양, 물혹 등이 생겨 비강 위쪽으로 가는 공기를 차단하면 냄새를 못 맡게 된다. 혹은 신경과 뇌에 연결되는 부위에 문제가 생겨도 그럴 수 있다. 비장이나 신장, 척추의 문제도 고려해야 한다. 하지만 이 환자의 경우는 폐 쪽이었다. 상태는 심각하지만 가장 기본적인 원인으로 야기된 병이었다.

침감은 먼 곳에서 넣었다. 손가락의 상양혈에서 사기를 뽑은 것이다. 고질병이 아니라 오래 걸리지는 않았다. 딱 두 번이었다.

그사이에도 중의들의 눈빛은 면도날처럼 번쩍거렸다. 그들의 시선은 윤도의 손끝을 놓치지 않았고 보사의 각도까지 주목하고 있었다.

"침 뽑습니다."

시침을 마친 윤도가 환자의 주의를 상기시켰다. 발침이 끝나자 환자가 입맛을 다셨다. 단맛만 겨우 느끼던 환자. 어떻게 변했을까?

"들어보세요."

정나현이 원액 커피를 내주었다. 한의원에 왔을 때 그 커피였다. 아까는 그저 덤덤하게 한 모금 넘긴 환자였다.

"왝!"

커피를 마신 환자가 바로 토악질을 했다.

"퉤퉤! 이게 소태요, 커피요?"

울상을 짓던 환자의 표정이 바로 천국으로 돌아갔다.

"쓴맛이 느껴지네?"

환자가 반쯤 남은 커피를 바라보았다. 윤도가 권하자 다시 맛을 보는 환자. 이번에는 뱉지 않고 목 안으로 넘겼다.

"써!"

원래 쓴 것을 반기지 않던 환자. 그러나 오늘의 쓴맛은 반갑기 그지없었다. 이번에는 조금 덜 숙성된 키위를 깎아주었다.

"흐미, 신 거."

한입 베어 문 환자가 오만상과 함께 침을 흘렸다. 신맛까지 제대로 회복되었다. 소금과 매운맛도 문제가 없었다. 환자의 표정이 오방색의 조화처럼 부드럽게 펴졌다.

"소문대로 명의시구만. 내 혀에 맛이 돌아왔어요."

환자는 좋아 어쩔 줄을 몰랐다.

"누가 맥 좀 짚어주시겠어요? 전후가 어떻게 변했는지?"

윤도가 중의들을 돌아보았다. 쑨시앙이 나서서 진맥했다. 두 번, 세 번, 거푸 진맥을 하고 일어난 그가 어깨를 으쓱해 보였다. 아까의 진맥과 다른 결과가 나왔다. 부조화를 보이던 비장과 심장이 조화를 이룬 것이다.

다음 환자 역시 미각세포의 이상이었다. 이번에는 쑨시앙과 우레이가 신중해졌다. 진맥을 하고도 섣불리 의견을 내지 않았다. 대신 추이펑이 나섰다.

"이 환자는 척추 신경 이상입니다. 따라서 척추 혈자리를 잡아주면 맛을 느낄 수 있을 겁니다."

"……!"

추이펑의 말에 윤도가 고개를 들었다. 그의 진단은 정확했다. 이 환자는 비장과 심장, 폐의 부조화가 엿보이는 케이스. 자칫 비장, 심장, 폐 혈자리의 동시 자침 유혹을 받을 수도 있었건만 적확하게 짚어낸 것이다.

"한번 시침해 보겠습니까?"

윤도가 물었다.

"혈자리가 두 개쯤 될 것 같은데 명혈을 알려주시면 해보겠습니다."

추이펑이 받아쳤다. 윤도에 대한 도발이다.

"보아하니 혈자리를 파악하신 거 같은데 하나는 내가 먼저 하지요. 나머지는 추 선생님이 맡으세요."

그 도발을 기꺼이 접수하는 윤도였다.

환자의 혈자리는 사실 많았다. 다다익선을 좋아하는 경우라면 침은 10개까지도 들어갈 수 있었다. 그러나 긴요하게 하면 두 방이면 될 일. 그걸 짚어낸 추이펑이 윤도를 간보는 게 분명했다.

"제가 배우러 왔으니 차례를 바꾸는 게 좋을 것 같습니다."

추이펑의 도발이 이어졌다. 눈치를 차린 중의들, 분위기가 훌쩍 달아올랐다. 그들은 사실 서로를 잘 몰랐다. 한국행으로 선택되면서 하루 전에 만났다. 통성명을 하고 서로를 소개하는 과정에서 추이펑을 알게 되었다. 상하이 이남의 난다 긴다 하는 명침들의 콧대를 누르고 있는 천재 중의 천재 추이펑.

"그러시죠."

윤도가 선공을 넘겨주었다.

추이펑은 자신의 장침을 꺼내놓았다. 그 침은 경추 5번의 혈자리로 들어갔다. 택개식 천피였다. 엄지와 검지로 자침 부위를 벌리며 혈자리를 꿰는 침법. 나비의 날갯짓처럼 부드러운 시침 속에는 시침의 모든 과정이 녹아 있었다.

목불외시―두리번거림 없이.

심불잡의―잡념을 비우고.

지신좌정―몸가짐을 바로하고.

여대귀인―귀인을 맞이하듯.

수여악호―침은 호랑이가 손짓하듯 힘차게.

세약금용―용을 움켜쥐듯 차분하게.

심무의모―무심하게, 무심하게…….

함께 온 두 중의와 통신사 기자가 뜨악한 표정을 지었다. 같은 중의지만 그들도 처음 보게 되는 추이펑의 시침. 순식간에 끝났음에도 가히 환상적인 시침이었다.

"선생님."

추이펑이 윤도를 가리켰다.

"굉장한 힘이 실린 침이군요."

윤도가 말했다. 진심 어린 인정이었다. 세상은 넓고 고수는 많았다. 추이펑은 표정의 변화도 없이 자리를 비켜주었다.

윤도가 환자 앞에 섰다. 경추에 들어간 장침이 보였다. 도도하지만 폭력적이다. 이제는 침을 보면 사람의 성향을 알 수 있는 윤도였다. 침은 마치 한의사의 마음을 투영한 것과 같았다. 일반인들이 보면 다 같은 시침이지만 그렇지 않았다. 추이평의 침은 과시적, 공세적이면서도 몽환이 서려 있었다.

여기 내가 왔다.

알아서 기어라.

마치 질병에 찍는 낙관 같았다.

윤도가 혈자리를 잡았다. 위치는 경추 2번 자리였다. 진맥상 가장 요긴하게 파악된 두 개의 혈자리. 그러나 윤도는 침을 넣지 못했다. 왼손으로 주변의 긴장을 푸는 순간 그 사실을 알았다.

"……!"

시선이 추이평의 장침으로 건너갔다. 거기에 자신의 영토임을 알리는 듯 견고하게 선 장침. 그 침 하나가 윤도가 넣을 혈자리의 몫까지 다 끝낸 상태였다.

게임 오버.

진맥 상으로는 분명 두 곳의 혈자리가 아시혈. 그러나 전광석화 같은 한 방으로 매조지를 해버린 추이평. 윤도의 뒷모습을 바라보는 추이평의 입가에 음산한 미소가 스쳐 갔다.

윤도의 등골이 서늘해졌다.

어쩔 것인가?

추이펑의 시선은 윤도의 손에서 떨어지지 않았다. 바둑으로 치면 유리한 포석을 선점했다고 판단한 것이다. 이제 남은 혈자리는 경추 2번에 해당하는 곳. 그러나 찔러봤자 별다른 효과는 보지 못할 혈자리. 다른 곳을 찌르면 혈자리를 잘못 잡는 것이오, 찌르면 헛발질이 될 일이다.

'제법이군.'

혈자리를 바라보던 윤도의 손이 마침내 움직이기 시작했다. 침이 혈자리로 들어갔다.

"……!"

"……?"

추이펑의 시선에 불꽃이 튀었다. 우레이와 쑨시앙 역시 황당하기는 마찬가지였다. 윤도의 장침이 들어간 곳은 추이펑이 선점한 혈자리였다. 같은 곳을 찔러 버린 것이다. 우레이와 쑨이앙이 고개를 갸웃거렸다. 윤도는 태연하게 타이머를 맞췄다. 추이펑과 같은 15분이었다.

'15분.'

추이펑은 타이머를 주목했다. 15분 후면 환자는 맛을 느낄 수 있었다. 그의 계산은 그랬다. 10분이 지나면 얼굴색이 달라질 것이다. 그 또한 추이펑의 계산이다. 그런데 9분이었다. 환자의 반응이 조금 더 빠르게 일어났다.

'응?'

이제껏 없던 일이다.

'한국 사람이라 그런가?'

땡!

생각하는 사이에 추이펑의 타이머가 먼저 울렸다. 윤도가
발침을 권했다. 썩소를 머금은 추이펑이 자기가 찌른 장침을
잡았다. 그 상태에서 기혈을 체크했다. 한국의 명의 채윤도.
왜 이런 어리석은 짓을 했을까? 추이펑이 차린 밥상에 숟가락
을 얹어놓은 건가? 입가에 가득하던 냉소가 벼락처럼 멈췄다.

"……!"

추이펑의 뇌리에 아찔함이 스쳐 갔다. 기혈 때문이다. 미각
세포를 살리기 위해 야심차게 세팅한 기혈이 변해 있었다. 그
자신이 밀어 넣은 펄펄 뛰는 기혈이 아니었다. 힘 뒤에 촘촘
한 부드러움이 딸렸다. 그제야 알았다. 윤도의 침술은 헛발질
이 아니었다. 추이펑이 5번 경추 혈자리에서 2번 경추의 기혈
까지 조절해 버리자 윤도는 차선책을 택했다. 그저 2번 경추
자리를 찔러 형식을 맞추는 게 아니라 기왕에 들어간 침의 빈
곳을 채워준 것이다. 폭주하는 추이펑의 난폭한 침감을 잡아
속도를 맞추는 사(瀉)였다.

'이럴 수가!'

추이펑의 어깨가 파르르 경련했다.

"어떻습니까?"

골똘해 있는 사이 윤도가 환자를 체크했다.

"맛이 느껴집니다."

과일 맛을 본 환자가 환하게 웃었다.

"대체 어떻게 된 일입니까? 제 생각에는 경추 5번 다음에 2번에 들어갈 줄 알았는데……."

환자가 나가자 쑨시앙이 윤도를 바라보았다.

"설명은 추 선생님이 해주시지요."

윤도가 공을 넘겼다.

"……."

"추 선생님."

쑨시앙이 추이펑을 재촉했다. 그제야 추이펑의 입이 열렸다.

"혈자리라는 게 수학 공식처럼 딱 정해진 게 아닙니다. 변증논치(辨證論治)라는 말이 있듯이 사람에 따라, 병명에 따라 달라질 수 있지요. 때로는 같은 혈자리에 서너 개의 침을 꽂을 수도 있으니 그걸 보여주신 것 같습니다."

추이펑의 설명은 멀리 돌아갔다.

"그렇다면 추 선생의 침을 보완한 침이었군요?"

우레이는 저도 모르게 정곡을 찔러 버렸다. 추이펑의 얼굴이 멋대로 구겨졌다.

"설명을 좀……."

쏜시앙은 여전히 궁금한 게 많았다.

"추 선생님의 침은 훌륭했습니다. 기백 넘치고 거침없는
양(陽)의 진격이었죠. 그 힘이 강력해 경추 5번에서 2번의 효
과까지 함께 도모했습니다. 그러다 보니 두 개의 혈자리가
하나로 줄어들어 버린 거죠. 아마도 제 수고를 덜어준 것 같
아 고마운 마음에 음(陰)의 은은함으로 양이 놓치고 가는 기
혈을 함께 몰아준 겁니다."

"아!"

쏜시앙의 입에서 감탄이 나왔다. 그래도 추이펑의 얼굴은
펴지지 않았다.

약간의 휴식 후에 새로운 환자를 맞았다. 저체중 환자였다.
나이는 30대 후반의 여자. 성인이 된 이후 42㎏을 넘어본 적
이 없었다. 20대 때는 그나마 젖살이 얼굴에 남아 봐줄 만했
지만 40대가 가까워지니 피골상접 타입으로 변해 버렸다. 직
업 또한 카운슬러를 하고 있어 고민이 될 수밖에 없었다. 더
러는 필러도 넣고 성형도 받았지만 모두 실패했다. 필러가 흘
러내려 심한 부작용을 겪은 적도 있었다.

오동통한 몸매.

남들은 치를 떨지만 그녀에게는 이상형이었다. 살 때문에

고통받는 사람의 살을 받을 수만 있다면 도시락 싸 들고 다니면서 받고 싶은 그녀였다.

살찌는 보약을 대놓고 먹고, 흑염소에 치맥, 하루 여섯 끼를 먹는 분투까지. 그녀의 노력은 눈물겨웠지만 똥배조차 나오지 않았다. 한마디로 대꼬챙이 몸매였다.

미리 양해를 구했으므로 세 중의에게 먼저 진맥을 맡겼다. 추이펑이 선두 타자였고 쑨시앙이 다음이었다. 윤도는 마지막으로 환자의 맥을 잡았다.

정나현이 시침 준비를 하는 사이 다시 의견을 나누었다.

"오른쪽 관맥에서 비장의 맥이 좋지 않았습니다. 살은 비장이 주관하는 것이니 비장을 치료하고 식단 조절과 운동을 병행하면 좋아질 것으로 생각합니다."

쑨시앙과 우레이의 견해는 같았다.

"관맥보다는 촌맥 쪽입니다. 그녀의 질환은 식역증입니다."

추이펑의 견해는 달랐다. 식역증은 대장과 더불어 위장의 이상으로 나타나는 질환이다. 몸이 대쪽처럼 마른다. 그 말대로라면 한 가지 특징이 더 나와야 했다.

"몸의 미열도 그 영향입니다. 이런 상황이기에 과식을 해도 양분을 흡수하지 못합니다."

추이펑이 덧붙였다. 그 진단 또한 윤도와 궤를 같이하고 있었다.

중국.

과연 넓었다. 중의학의 저력은 만만치 않았다. 그렇기에 이렇게 좋은 재목들이 즐비한 것이다. 윤도가 정리에 들어갔다.

"세 분의 진단은 다 타당합니다. 살의 건강은 비장이 주관하니 무관하지 않고 이 환자에게 식역증의 증세가 있는 것도 맞습니다. 기본적으로는 대장과 위장의 기혈을 고르게 해야겠지만 근본 치료를 하자면 비장의 기혈도 북돋아주어야 할 것입니다."

"혹시 약침 같은 건 사용하지 않습니까?"

우레이가 물었다.

"그게 궁금하세요?"

"예. 선생님 약침은 특별할 거 같아서……."

"제가 약침을 내드릴 테니 선생님이 한번 시침해 보겠습니까?"

"정말입니까?"

"당연하죠."

윤도가 약침을 내주었다. 우레이가 시침에 나섰다. 혈자리는 토론을 거친 치료 혈을 고루 사용했다. 시작은 침의 부작용 방지를 위한 곡지혈이었다. 다음으로 사관혈을 연 후 위를 위해 중완혈, 대장을 위해 천추혈, 비장을 위해 장문혈 등을 찔렀다.

"……?"

시침이 끝난 후에 맥을 확인한 우레이의 고개가 갸웃 돌아갔다. 쑨시앙도 그랬다.

"약침으로 어떤 효과를 의도한 건지 알려주실 수 있을까요?"

타이머가 돌아가는 동안 우레이가 물었다.

"우 선생님은 어떤 약침이라고 생각하시나요?"

"그야 비장과 위장, 대장의 기혈을 증강하여 기혈실조, 수화의 불균형을 해소하고 과항진된 장기는 진정시키고 저하된 장기는 회복시켜 오장육부의 균형을 회복하고 치유할 수 있게 하는 명약……."

"추 선생님 생각도 그렇습니까?"

"선생님 정도 되는 수준이면 당연히 그런 쪽이어야 한다고 생각합니다만……."

추이펑의 말꼬리는 깔끔하지 않았다.

"사실 이 약침은 곽향정기산의 응용 버전에 불과합니다."

"……?"

윤도의 말에 세 중의가 뒤집어졌다. 곽향정기산이라면 기본 처방 탕약의 하나. 아무나 처방할 수 있는 탕약의 원료에 불과한 약침이라니?

"무슨 깊은 뜻이라도?"

우레이가 대표로 물었다.

"거창하게 말하자면 그렇지요. 왜 그런지 맥을 다시 잡아보시겠습니까?"

윤도의 권유에 우레이가 나섰다. 몇 번의 진맥 끝에 그의 고개가 갸웃 돌아갔다.

"관맥이 좋아진 거 같습니다."

"뭐라고요?"

옆에 있던 추이펑이 나섰다. 그 역시 맥을 짚었다.

"……!"

추이펑의 미간이 확 좁혀졌다. 관맥뿐만 아니라 촌맥의 상태도 현저하게 달라졌다. 두 맥이 고르게 뛰자 척맥도 덩달아 좋아졌다. 부조화를 이루던 맥이 봄날의 새싹처럼 싱그럽게 변한 것이다.

'수승화강(水昇火降), 두한족열(頭寒足熱)……'

추이펑의 뇌리에 두 단어가 스쳐 갔다. 물의 기운인 수기는 위로 올라가고 불의 기운인 화기는 아래로 내려온다는 의미의 수승화강. 한의학의 기본으로 불리는 이 상태는 몸의 순환이 좋은 상태를 의미한다.

인체의 위쪽인 얼굴과 호흡기, 뇌는 과열되고 건조해지기 쉽다. 반대로 아래쪽의 손과 발의 말단부 등은 차가워지기 쉽다. 이 순환이 잘되어야 건강을 유지할 수 있다. 바로 '머리는 차고 발은 뜨겁게'의 원리였다.

오직 결과……

중의들은 거기에 마음이 가 있었다. 하지만 윤도는 당장의 효과보다 과정을 택했다. 살을 빼는 게 아니라 찌우는 거였다. 마법의 침이라고 해도 시침과 함께 살이 찔 수는 없었다. 그건 건축과도 같아 차곡차곡 벽돌을 쌓아야 하는 법. 과정이 더욱 요구되는 환자였다.

"우 선생님이 기를 잘 닦아주었으니 제가 마무리만 하겠습니다."

윤도의 장침은 백회혈로 들어갔다. 거기서 수승화강을 조절하며 두한족열을 고정시켰다. 침감을 조금 더 감으니 비장과 대장, 위장 경락에 닿았다. 우레이의 침은 세 경락의 사기를 많이도 밀어냈다. 하지만 비장 쪽에는 무리한 기색이 역력했다. '살'이라는 목표에 집착한 탓이다. 그러나 상생도 지나치면 해가 된다. 비장의 기혈이 과잉되면 폐를 해칠 수 있었다. 활력 과잉이 된 비장을 위해 간장을 동원했다. 비장을 누르는 데는 간장만 한 게 없었다.

오장육부와의 균형을 맞춘 후에야 침 끝을 놓았다.

땡!

타이머가 울었다. 세 중의의 시선은 환자에게서 떨어지지 않았다.

"기분 어때요?"

윤도가 환자에게 물었다.

"몸이 굉장히 가벼워요. 기분도 상쾌하고……."

"우리 중의 선생님들이 진맥을 다시 해도 될까요?"

"그럼요."

환자의 수락이 떨어졌다.

'윽!'

맥을 짚은 중의들의 표정이 참담하게 변했다. 베이징의 무적 독감 기세를 단숨에 잡아버린 채윤도. 그렇기에 매 처방마다 묘방이나 기방이 나올 줄 알았건만 기본 약침으로 병세를 잡은 것이다. 장인은 도구를 탓하지 않고 명의는 약재를 탓하지 않는다더니 그 말이 딱 맞았다.

"서서히 살이 붙을 겁니다. 하지만 지금 식습관처럼 마구 먹어대면 비만으로 갑니다. 우리 실장님이 체질에 맞는 식단을 추천해 줄 테니까 거기에 따르세요."

윤도가 마무리를 했다. 환자는 여러 번의 인사를 남기고 침구실을 나갔다.

"오늘 연수는 여기까지입니다. 푹 쉬고 내일 뵙기로 하죠."

윤도가 파장을 선언했다. 우레이와 쏜시앙이 나갔지만 추이펑은 그러지 않았다. 할 말이 있는 눈치다.

"뭐 질문이라도……?"

윤도가 선수를 치고 나왔다.

"내일 치료하실 환자에 대해 알고 싶습니다."

"병명 말인가요?"

"예."

"오늘 환자와 반대되는 고도비만에 수전증, 턱관절 탈구 환자 등이 예약되어 있습니다만······."

"죄송하지만 암 환자는 없습니까?"

"암 환자?"

"예정대로라면 내일이나 모레쯤 연수가 끝나지 않습니까? 중의학중앙회 쪽에서 일을 엉성하게 추진하는 바람에 저희 의견이 반영되지 않았습니다만 연수 내용은 선생님이 조절하실 수 있을 테니 조절을 해주시면······."

"암에 대한 침술을 보시고 싶다는 겁니까?"

"모든 의료인의 숙제 아닙니까? 더구나 국제적 명성을 가지고 있는 선생님께 다녀가는 연수이니 주최 측에서도 기대가 큰 것으로 알고 있습니다."

"오늘 보셨다시피 제 침술에 특별한 건 없습니다. 그저 환자 상태에 맞출 뿐이고, 어떤 면에서는 선생님이 더 우수하다고도 할 수 있지요."

"선생님의 침술 비기가 드러날까 조심하는 건 아닙니까?"

추이평이 돌직구를 날려왔다. 그 말을 들은 윤도가 웃었다.

비기를 감춘 건 없었다. 그러니 직구는 스트라이크존을 크게 벗어난 셈이다.

"연수 내용이 부실하다는 겁니까?"

"그렇게 말한 적은 없습니다."

추이펑의 각은 여전히 무뎌지지 않았다.

"좋아요. 주최 측의 기대라는 건 이해합니다. 그렇다면 추 선생님은 뭘 원하는 겁니까? 아예 거기다 맞춰 드리죠."

윤도의 반격이다. 빙빙 도느니 정면 승부를 택한 것이다.

"저 침."

추이펑의 손이 기다렸다는 듯 나노침을 가리켰다.

"인터넷 정보를 보니 선생님은 암 환부에 직접 침을 넣기도 한다더군요."

"⋯⋯."

"이름 하여 오장직자침?"

추이펑이 고개를 들었다. 작심한 질문인 듯 한 치의 흔들림 도 없었다. 삼시 윤도의 반응을 본 추이펑은 거침없이 다음 말을 꺼내놓았다.

"가능하다면 그 시범을 보여주시기 바랍니다."

오장직자침.

그걸 보여줘.

도발적인 억양이다.

"미안하지만 그건 오랜 수련 없이 행할 수 없는 침법입니다. 한두 번 본 것으로 시도하는 무리를 할까 우려되는 점이 있습니다."

거절!

윤도의 포지션이다.

그러자 추이펑의 핵직구가 벼락처럼 날아들었다.

"오장직자침을 배우려는 게 아니라 제 침법과 비교해 보려는 것입니다만."

'비교?'

윤도가 파뜩 고개를 세웠다.

5. 족가지마(足家之馬)

"추 선생님도 오장직자침을 구사할 줄 압니까?"

윤도가 물었다.

"제 침법의 이름은 환부직투법입니다만."

추이평이 선을 그었다. 그의 시선은 강철과 같았다. 오만과
과신이 버무려진 표정은 가히 자부심의 궁극에 선 것처럼 보
였다.

"굉장하군요."

"보여주시겠습니까?"

추이평은 답을 듣고야 말겠다는 눈빛이었다.

　　　　　*　　　　　*　　　　　*

"중의들 중에서 추이펑 말입니다."

약제실 안에서 진경태가 입을 열었다. 종일이 퇴근한 약제실, 윤도가 바르는 탕약을 점검하는 중이다.

"왜요?"

"정 실장 말이 시건방져 보인다고⋯⋯."

"중국 중의의 샛별 아닙니까? 그만한 실력도 됩니다."

"그렇다고 해도 연수를 온 사람들입니다. 인성 문제입니다. 의술은 인술 아닙니까?"

"바르는 탕약은 어떻습니까?"

윤도가 화제를 돌렸다.

추이펑.

진경태의 말처럼 신경이 쓰이는 건 사실이었다. 그러나 그의 오만이나 자신감 때문이 아니었다. 윤도의 뇌리에서 끈적거리는 건 헤이싼시호였다. 그가 보았다는 검은 호수 안의 흰빛. 윤도 안으로 들어온 그 흰빛일까?

'내일 두고 보면⋯⋯.'

후끈해지는 마음을 달래놓았다.

환부직투법.

만약 그 침술이 오장직자침과 같다면 그 역시 신성의 기연을 맺었다고 볼 수 있었다. 신성의 빛이 오장직자침법을 주는 건 아니지만 그 신성이 아니라면 불가능할 침이다.

"연령대 별로 체크해 주신 남녀의 피부, 한약재의 분자 크기, 삼투의 농도 등을 100여 군으로 나눠 진행 중입니다. 대조로 연고가 겔, 젤 등을 참조 중인데 약효의 유지와 전달이 과제입니다."

진경태가 끈끈한 탕약을 들어 보였다.

"일거리를 보태 드려서 죄송합니다."

"별말씀을. 이것이 완성되었을 때의 기쁨을 생각하니 하나도 힘이 안 듭니다. 이 또한 굉장한 반향을 불러일으킬 겁니다."

진경태가 웃었다. 그의 마인드는 오늘도 지침이 없었다.

바로 그때, 한의원을 나가는 추이펑이 보였다. 화단 쪽에서 두 마리의 고양이가 나온 것도 그때였다. 서로 엉겨 실랑이를 벌이던 고양이. 그중 한 마리가 경련을 하며 늘어졌다. 그걸 바라보던 추이펑이 그대로 다가가 고양이를 집어 들었다. 화단의 받침목 위에 고양이를 올려놓은 추이펑. 지니고 있던 장침을 꺼냈다. 등에 가려 침놓는 모습은 보이지 않았다. 시침을 마친 그가 약제실 창을 바라보았다. 유리를 사이에 두고 윤도와 시선이 마주쳤다.

피식!

의미심장한 미소다. 그가 차량 쪽으로 돌아서자 늘어졌던 고양이가 몸을 뒤척이기 시작했다. 고양이는 무슨 일이 있었냐는 듯 가뜬하게 일어났다.

야옹!

도로로 나가는 차를 향해 고양이가 울었다. 감사의 인사처럼 들렸다.

윤도가 나왔다. 고양이를 불렀다. 턱을 쓰다듬으며 맥을 찾았다.

'심장……'

그 쪽 맥이 힘차게 반응했다. 추이펑의 장침이 그 쪽 혈맥을 뚫어줬다는 의미이다. 고양이를 내려주고 도로를 바라보았다. 윤도가 웃었다. 세상에는 고수가 많았다. 그래서 좋았다. 그건 곧 윤도가 더 발전할 수 있다는 의미이기도 했다.

"원장님."

퇴근 무렵 정나현이 출력물을 내밀었다.

"뭐죠?"

"중국 인터넷판 기사예요."

출력물에는 윤도의 얼굴이 나와 있었다. 그 옆은 추이펑과 중의들이었다. 동행한 기자가 올린 기사였다.

"……!"

기사를 읽어가던 윤도가 시선을 멈췄다.

〈신진 중의들, 세계 최고로 꼽히는 한국 한의와 협력 치료차 방한 중〉

〈신진 중의들, 놀라운 침술로 협력 치료 선도〉

소제목들이 좋지 않았다. 기사에도 연수라는 단어는 없었다. 세계적인 명의 채윤도와 협력하는 중의. 그것은 곧 연수 온 중의들을 윤도와 같은 반열에 올려놓는 작태였다.

"이 기자, 본질을 모르는 거 아닌가요? 연수가 아니라 협력으로 표현하고 있어요."

정나현이 핏대를 올렸다.

"아뇨. 어쩌면 이게 본질일 겁니다."

"예?"

"저 때문에 중의들 자존심에 금이 갔잖아요. 그걸 회복하려는 거죠."

"어머, 저속해요."

"연수비가 무려 2억이잖아요. 굴기를 중요시하는 중국인데 일없이 거금을 투자할 리 없지요."

"그럼 그냥 돌려보내는 게……."

"이미 도전장을 받았습니다."

"예? 도전장이라고요?"

"내일 기사는 중의, 한의를 뛰어넘는 대륙 침술을 선보이다, 이렇게 나갈지도 모르죠."

"원장님……."

"하핫, 걱정할 거 없어요. 희망이야 누구든 품을 수 있는 거니까. 저 퇴근합니다."

키홀더를 돌리며 정나현을 지나갔다. 휘파람도 나왔다. 피가 후끈 달아올랐다. 이 도전, 유쾌하게 받아들일 생각이다. 어차피 벌어진 판이므로.

"제게 맡겨주시면 오전 중에 걷게 만들어 드리겠습니다."

추이펑의 발언은 야심 그 자체였다.

다음 날 아침이다. 오늘 진료할 예약 환자들 자료를 보는 자리였다. 첫 환자로 내정된 진행성 근위축증 환자를 대상으로 의견을 나눌 때 추이펑이 딜을 던지고 나왔다.

"추 선생, 진행성 근위축증은……."

쑨시앙이 우려를 표명하고 나섰다.

"저는 채 선생님에게 말씀드리고 있는 겁니다만."

추이펑은 쑨시앙조차 일축했다.

"환자도 보지 않고 말할 수 있는 겁니까?"

윤도가 물었다.

"이미 보았습니다만."

"……?"

"조금 전 우리가 도착할 때 그 환자가 보호자들과 함께 차에서 내리더군요. 휠체어에 앉을 때 저도 같이 부축하면서 맥을 잡았습니다."

"……?"

"어제 제가 드린 부탁, 제가 이 환자를 걷게 하면 시범을 부탁드립니다."

추이평의 시선은 집요했다.

"부탁이 아니더라도 오장직자침은 예정되어 있었습니다. 다만 과시성으로 비칠까 봐 연수 과정에서는 빼려던 것인데 그리 원한다면 참관을 허락하도록 하겠습니다. 그러니 무리할 필요는 없습니다."

"아닙니다. 백문이 불여일견이라고 보기만 해서는 공부가 되기 어렵습니다. 진행성 근위축증은 제가 공부를 좀 했습니다. 주로 유전성 근육 질병이죠. 근육의 위축과 근력의 저하가 진행됩니다. 맥을 보니 비신양허입니다. 손발이 차고 호흡이 짧으며 소화 기능 저하에 소변 줄기도 시원치 않지요. 만성 피로에다 이른 아침 묽은 변을 보는 날이 잦을 것이니 제 말이 틀렸습니까?"

추이평은 근위축증에 대해 유려하게 읊어댔다. 차트에 기재된 것과 거의 유사했다.

"중국에서도 두어 명 고쳐본 적이 있으나 침법에 부족한 것이 있을 수 있습니다. 채 선생님께서 살피시고 조언해 주시면 침술 발전에 큰 도움이 될 것 같습니다."

추이평이 핸드폰은 내밀었다. 화면에 중국 의학지 화보가 나왔다. 추이평이 근위축증을 치료한 관련 기사였다. 그것은 곧 추이평이 물러설 생각이 없다는 의미였다. 윤도를 띄우는 듯하면서도 제 욕심이 계산된 교활함이 엿보였다.

"정 그렇다면……."

쿨하게 수락해 주었다. 여기는 윤도의 홈그라운드. 그 정도 여유는 있는 윤도였다.

환자는 20대의 여학생이었다. 초등학생 때부터 근위축으로 제대로 활동하지 못했다. 온갖 약을 써봤지만 모두 허사였다. 추이평에게 시침을 맡겼다. 환자에게 동의를 구한 상태였다.

침은 단 두 방이었다. 환자를 돌리고 척추의 극상돌기 좌우에 장침을 박은 것이다. 장침은 물을 꿰듯 유연하게 들어갔다. 보사를 행하는 모습은 차라리 무아지경이었다. 하지만 윤도만 볼 수 있는 흠이 있었다. 그의 침은 유연하지만 난폭했다. 오직 결과를 지향하는 까닭이다.

"발침하겠습니다."

세 시간이 지난 후 추이펑이 윤도를 바라보았다. 끄덕 고갯짓을 하는 것으로 답했다. 이제는 중국 기자에 더불어 두 중의도 자리를 함께하고 있었다.

50분 간격을 두고 세 번 들어간 장침. 척추 극상돌기에서 침이 빠졌다. 윤도가 다가가 진맥했다.

"……."

잠시 숨을 멈췄다. 비신양허, 즉 비장과 신장의 기혈이 바닥나 따뜻한 양(陽)의 생기가 부족하던 상태가 개선되어 있었다. 비장과 신장이 지나치게 강조되어 약간의 부조화를 보이지만 근위축증을 잡은 건 확실했다.

"일어나 볼래요?"

윤도가 환자에게 말했다. 환자가 움직이자 정나현이 부축해 주었다. 환자의 두 발이 바닥을 밟았다. 오랫동안 앉고 서지를 못하던 환자. 벽을 짚더니 혼자 힘으로 버티고 섰다.

"어머!"

환자가 소스라쳤다. 파르르 경련한 환자가 더듬더듬 한 발을 떼었다. 그 발은 무너지지 않았다. 또 다른 발이 받치며 앞으로 나갔다. 윤도가 침구실 문을 열었다. 복도에는 그녀의 보호자들이 있었다.

"여보!"

딸의 회복을 본 어머니가 비명을 질렀다. 통화를 하고 있던 아버지는 핸드폰을 떨구고 말았다. 들어갈 때는 휠체어를 탄 채이던 딸, 그 딸이 걸어서 나오고 있었다.

"치료는 여기 중국에서 오신 추이펑 선생님께서 해주셨습니다."

윤도가 보호자들에게 말했다. 중의의 공을 가로챌 생각은 없었다.

펑펑!

중국 기자의 카메라가 플래시 공세를 이어갔다.

윤도는 탕약에 과잉으로 고양된 비장과 신장에 대한 처방을 끼워 넣었다. 추이펑의 오버를 잡아주는 것이다. 그걸 알 리 없는 추이펑은 환자와 함께 기념 촬영에 바빴다. 사진을 찍는 사람은 중국 기자였다.

오후, 토론실의 분위기가 숭고해졌다. 또 다른 중증 근무력증 환자 때문이다. 첫 맥은 우레이가 잡았다.

"중증의 근무력증인가?"

그가 중얼거릴 때 추이펑의 인상이 구겨졌다. 연수의 마지막 환자라고 선언한 윤도 때문이다. 근위축증 환자를 치료한 그였으니 유사한 환자의 등장에 실망한 것이다. 하지만 그가

맥을 잡았을 때 표정에 반전이 일어났다. 그의 입꼬리가 귀 쪽
으로 올라갔다.

환자는 흉선암(Thymiccarcinoma)이었다. 중증의 근무력증으
로 짚인 맥은 흉선암과의 연관성에서 나온 결과였다.

─흉선암.

희귀 암이다.

차트의 병명 앞에 우레이와 쑨시앙의 표정이 굳었다.

흉선.

가슴의 종격동 앞쪽에 위치하는 면역 기관이다. 출생 시에
는 12~15g이고 사춘기 때 약 40g으로 커졌다가 이후 점차
작아져 성인이 되면서는 퇴화한다. 주로 40~60세에서 발생한
다. 하지만 환자는 30대의 여자였다. 처음에는 흉선종으로 진
단을 받았다. 그로 인해 절제 수술을 했다. 재발하여 검사하
니 흉선암이라는 진단이 나왔다. 흉선암은 재발이 심한 암으
로도 불린다.

암의 부위 또한 최악이었다. 심장 뒤쪽이라 수술 불가 판정
을 받은 것이다. 양방에서는 수술로 완전하게 절제하는 것을
최고의 방법으로 친다. 그 방법이 물 건너가 버렸다.

추적 검사 결과는 더 비참했다. 폐로의 전이였다. 항암 4세
트와 방사선 치료를 받았다. 몸이 견디지 못하고 장부가 망가

졌다. 갈비뼈는 물론이고 손목의 뼈들도 건드리면 부러질 판이다.

회생 불가!

치료 의견을 묻는 질문에 우레이가 고개를 저었다. 그가 잡은 진맥도 그랬다. 촌맥은 물론이고 관맥과 척맥까지 최악으로 치달아 있었다.

"비훈 요법으로 꾸준히 치료하면서 면역을 강화하면……."

쑨시앙은 시도 의견을 내놓았다. 자신 있는 말투는 아니었다. 이제 윤도의 시선이 추이펑에게 향했다.

"어렵지만 치료 못 할 상태는 아니라고 봅니다. 흉선암의 본진을 약침으로 녹여 암의 기선을 잡으면 치료가 가능하다고 봅니다."

진격.

예상하던 답이 나왔다.

"추 선생님 말이 맞습니다. 환자는 지금 최악의 상태입니다. 하지만 목숨이 붙어 있고 오장육부가 제자리에 있는 한 희망은 있는 법이지요. 환자의 맥에서 확인한 분도 있겠지만 환자는 삭맥에 삽맥까지 나타나고 있습니다. 치료를 서두르되 과정은 꼼꼼히 짚어가면 좋은 결과가 나올 것으로 봅니다."

윤도가 상황을 정리했다.

"암 환부에 오장직자침을 쓰실 겁니까?"

추이평이 물었다.

"치료하면서 결정할 문제입니다."

윤도가 일어섰다. 세 중의는 윤도의 시침을 참관했다. 연수의 핵심이랄 수 있는 희귀 암의 치료이다. 그러나 윤도의 침은 기본부터 펼쳐졌으니 그저 사관혈이었다.

"……!"

추이평의 미간이 확 좁혀졌다. 그다음도 기본 시침이었다. 이번에는 12경락으로 빼곡하게 들어갔다. 먼저 음(陰)으로서 궐음, 소음, 태음을 잡았고, 양(陽)으로서 소양, 태양, 양명을 잡았다. 침 끝을 감고 돌리며 경락의 기 운행을 바르게 조절했다.

"으음……."

환자는 힘에 부친 듯 신음을 쏟아냈다.

발침하고 간격을 둔 후에도 기본 시침은 변하지 않았다. 이번에는 오행침법이었다. 동서남북 사방의 목금화수(木金火水)에 맞춰 양팔의 곡지혈과 양다리의 족삼리를 잡더니 중앙 토(土)를 상징하는 중완에 장침을 넣었다. 병색이 짙은 환자는 그대로 늘어져 버렸다.

"끝입니까?"

추이평이 물었다.

"추가 시침의 결정은 이 침감의 기가 인체를 세 바퀴 돈 후에 결정할 겁니다. 잠시 나가서 차라도 한잔하고 오세요."

윤도가 답했다. 채근 따위로 진료의 틀을 바꿀 윤도가 아니었다. 추이평의 시선이 환자에게 꽂혔다. 의욕 과잉이다. 시침하고 싶어 손이 근질거리는 모습이 마음에 걸렸다. 윤도가 핸드폰을 바라보았다. 만약을 대비한 대책은 동영상이었다.

침구실을 나온 윤도는 두통 환자를 시침했다. 낙맥이 막힌 환자였다. 낙맥 사이에 문제가 생기면 열이 머리까지 올라간다. 낙맥의 기 소통을 원활히 하여 환자의 두통을 없애주었다. 약제실로 간 윤도가 약침을 받아 들었다. 흉선암 부위에 직자침으로 들어갈 약침이다.

원래는 처음부터 직자침으로 갈까 생각했다. 하지만 환자의 상태가 너무 약했다. 그 상태에서 암을 몰아붙이면 파편이 튀어 새로운 전이를 이룰 수 있었다. 그래서 시간이 필요했다. 추이평은 오장직자침으로의 일침즉쾌를 고대하지만 침술이란 과시하기 위한 게 아니었다.

그때였다. 침구실 쪽에서 정나현의 마른 비명이 울려 퍼졌다.

"원장님, 원장님, 큰일 났어요!"

침구실로 달려온 윤도가 경악했다. 환자의 몸이 서늘하게 식어가고 있었다.

'뭐야?'

서둘러 맥을 짚었다. 맥은 난폭했다. 나른한 환자 몸에 낯선 기혈이 들어와 있었다. 난폭한 힘이 몰아치자 조금씩 모양을 갖춰가던 기혈이 엉기며 오장육부의 조화를 망쳐 버린 것이다.

"침 좀 줘요."

서둘러 구급혈을 찔렀다. 백회혈에 이어 용천혈을 찔렀다. 양 끝으로 난폭한 사기를 뽑아냈다.

퓨슛퓨슛!

사기는 거친 소용돌이로 밀려 나왔다. 숨을 돌린 윤도가 응급수습에 나섰다. 오수혈의 정혈을 잡아 분출이 멈춘 기를 작동시켰다. 정혈은 기의 발원지로 꼽히는 까닭이다. 대혼란은 겨우 안정되었다. 환자의 숨소리가 가늘게 새어 나온 것이다.

연이어 합곡과 태충혈에 장침을 넣었다. 두 혈은 기 순환의 중심. 가라앉는 목숨의 끈을 잡았으니 완전한 안정을 유지하려는 생각이다.

그사이에 중의들이 들어왔다. 문은 열려 있었고 정나현도 놀란 탓에 딱히 막지 않았다. 중국 기자와 진경태도 그들 뒤에 서 있었다. 윤도는 의식조차 못 했다. 오직 환자에게 몰입할 뿐이었다.

30분.

치열하게 침감을 조절하던 윤도가 겨우 손을 놓았다. 바람 앞의 등불로 변한 환자 상태를 되돌린 것이다.

'후우!'

잠시 숨을 고른 윤도, 다시 장침을 잡았다. 아직도 저 안에는 바글거리는 난폭함이 있었다. 윤도의 응급처치 덕에 발광은 멈췄지만 그대로 둘 수는 없었다.

흉선암.

난폭함이 가득한 장소는 그곳이었다.

"2번 약침 주세요."

윤도가 정나현에게 말했다. 정나현이 약침 뚜껑을 개방했다. 동의보감에 준한 새명단에 옻나무 추출액을 배합해 만든 암세포 치료제였다. 새명단에서 유용한 성분을 얻고 거기에 항암과 전이 방지력이 뛰어난 옻나무 추출액에 인진쑥의 유효 성분을 배합해 만든 것. 순한 작용에 더불어 강력한 암 제압력을 가지고 있어 악성 암에 대비한 약침이었다.

장침이 동원되었다. 두 침이 흉선암 덩어리의 입구와 출구부터 막았다. 다음으로 들어간 장침은 조금 더 굵었다. 있는 대로 침감을 감은 윤도가 감았던 침을 단숨에 뽑아냈다.

퓨숫!

강하게 뭉쳐 있던 난폭한 사기가 밀려 나왔다. 마치 지하의 가스관에서 올라오는 가스 덩어리 같았다. 양쪽을 눌러 남은 사기까지 알뜰하게 빼내곤 약침을 넣었다. 화끈한 화침이었다. 강력한 자극 덕분에 환자의 흉선 부근이 불끈 반응했다. 미리 대비하던 윤도의 왼손이 경련을 막았다. 중심의 약침은 점점 더 온도를 높여갔다. 암세포가 녹는 게 느껴졌기에 손을 떼었다.

그 손이 폐로 옮겨갔다. 장침 몇 개가 폐의 혈문을 막았다. 나노침이 출격한 건 그다음이었다. 그 또한 약침으로 들어갔다. 폐로 전이된 암 덩어리에 대한 저격 시침이었다. 달아날 혈문을 막았으니 오직 타깃만 적중하면 되었다.

"꿀꺽!"

몸서리치는 적막 속에서 중의들의 침 넘기는 소리가 들렸다. 우레이와 쑨이양은 기절 직전이었다. 흉선을 적중한 장침부터 그랬다. 이번에는 무려 폐였다. 가까운 고황혈조차 익숙하게 침을 놓기 어려운 법. 그 근처에 여러 동맥과 신경이 분포하는 까닭이다. 자칫 폐를 찌르면 말도 못하고 거품을 문다. 여차하면 사망이다. 그렇기에 깊은 자침은 신의급이 아니면 엄두도 못 내는 판.

하지만 윤도의 나노침은 벌써 세 개째 폐 안으로 들어가고 있었다. 실력도 없이 과시하는 침이라면 환자의 혈색이 저승에 도달해야 할 상황. 하지만 환자의 얼굴은 조금씩 생기를 더하고 있었다.

'후우!'

날숨과 함께 윤도가 숨을 돌렸다. 시침이 끝난 건 아니었다. 장침은 계속 출격했다. 양문혈을 꿰고 수삼리와 양로혈, 천종혈, 전중혈을 잡았다. 양문혈은 암의 명혈, 수삼리와 양로, 천종 역시 종기의 명혈. 중의들은 이론으로 윤도의 침술을 더듬어갔다. 그것만으로도 아찔했다.

"후우!"

윤도의 숨소리가 조금 더 커졌다. 그제야 시침을 마친 윤도였다. 정나현이 내민 수건도 그때야 받아 들었다. 몸은 땀으로 범벅이 된 후였다.

"와우!"

기자가 카메라를 들고 다가섰다. 윤도가 팔을 뻗어 그를 제지했다. 윤도의 표정은 시침하던 그 모습이 아니었다.

"추이펑!"

윤도가 추이펑의 가슴팍을 사납게 밀었다. 날 선 목소리와 함께 침구실을 압도하는 카리스마였다.

"……."

추이펑은 대답조차 못 하고 콧등만 꿈틀거렸다.

"내 환자에게 무슨 짓을 한 거냐?"

윤도가 물었다.

"무, 무슨 소리인지……."

"발뺌을 하겠다?"

"이, 이봐요, 채 선생님."

"닥쳐, 이 나쁜 놈! 네 헛된 공명심 때문에 환자가 죽을 뻔한 걸 보고서도 오리발이야?"

윤도가 주먹을 날리려는 순간, 퍽 하는 소음이 먼저 울렸다.

"억!"

추이펑이 옆구리를 잡고 무너졌다. 진경태의 주먹이 먼저 나간 것이다. 다시 잡아 일으켜 세운 진경태. 잘난 추이펑의 턱에 무쇠 같은 타격을 날렸다. 험한 산과 섬에서 약초를 캐던 근력이다. 추이펑은 그 자리에 늘어진 채 거품을 뿜었다.

"왜 이러십니까?"

기자가 각을 세우고 나왔다. 기자의 턱에도 진경태의 선물이 안겨졌다. 무지막지한 정권이었다. 기자는 추이펑 위로 날려가 한데 엉겨 쓰러졌다.

"추이펑!"

윤도의 목소리가 추상처럼 이어졌다.

"시침을 했지? 환자의 흉선암 부위에?"

"으……"

겨우 몸을 세운 추이펑은 중심 잡기에 바빴다.

"말해. 환자의 흉선암에 네 침감이 남아 있었다."

"......!"

그 한마디에 추이펑이 휘청거렸다.

"네 침은 오로지 결과 중심이지. 그래서 기혈을 다루는 게 난폭해. 게다가 지금 쓴 침은 더욱 난폭했어. 왜냐고? 단 한 방으로 환자를 치료해서 네 실력을 입증하려는 욕망이 담겼으니까. 안 그런가?"

"......"

"그것으로 나를 누르고 중의학이 우월하다는 증거로 삼고 싶었겠지? 한의 채윤도가 버벅거린 희귀암 환자를 중의 추이펑이 침 한 방으로 살렸다."

"......"

"어리석은 인간 같으니. 네 비록 호망조각을 한 덕분에 손의 감각이 섬세해 침술은 어느 정도 일가를 이루었다만 네 나라 명의인 편작의 값진 교훈을 망각하고 말았구나."

"편작?"

"그래, 편작. 중의학을 공부했다면 편작이 왜 자기 아버지의 병을 고치지 않았는지 배웠을 것 아니냐? 편작이 그 아비의 병을 고칠 줄 몰라서 두고두고 치료한 것이냐? 당장 낫게 하는 것보다 시간이 필요한 경우도 있다는 걸 몰랐단 말이냐?"

"......"

"이 환자는 오랜 항암 치료와 방사선 치료로 오장이 헐고 골수가 사무치는 상태였다. 네 진맥이라면 그 정도는 알았을 것 아닌가?"

"……."

"인간이란 아픈 부위가 나으면 움직이려 하게 마련이다. 목숨을 위협하는 건 흉선암이 맞지만 육체의 부실함 또한 위태롭기 그지없으니 그것부터 받쳐줘야 건강하게 회복할 수 있을 일. 오직 흉선암을 고쳐 운신하다가 뼈가 무너지고 오장이 찢어지면 어떻게 수습하려 했단 말이냐? 나 또한 이 환자에게 일침즉쾌를 이룰 수 있지만 진정한 침이란 과시가 아니라 환자의 심신을 돌보는 것. 이 환자에게는 일침즉쾌의 과시보다 작은 것으로 말미암아 큰 것을 이뤄가는 공들임이 필요했던 게 아닌가?"

"……."

"그래서 기본 기혈 치료를 하던 참인데 헛된 공명심으로 치료를 방해하다니. 네가 정말 원리 치료와 근본 치료를 중시하는 중의가 맞단 말이냐?"

윤도의 준엄한 꾸지람에 추이평은 사색이 되고 말았다. 지적은 한 치의 틀림도 없었다. 추이평은 공명심이 앞섰다. 그는 이 흉선암을 제압할 자신이 있었다. 그게 눈을 가렸다. 그렇기에 몰래 시침을 강행한 추이평이다. 윤도 몰래 완치시켜 자신의 침술을 과시할 생각이었다. 그런 마음이기에 침감도 더 강하게 들어갔다. 원래도 난폭한 침 위에 공명심의 난폭함이 더해진 것이다.

"너는 명의가 될 자질을 가지고 있다. 침술 또한 뛰어나다. 하지만 네게는 환자를 생각하는 마음이 없다. 그저 최고가 되고 싶은 명예욕으로 가득한 침술일 뿐."

"……"

"득지어심 응지어수(得之於心, 應之於手)라는 말을 아나?"

'득지어심 응지어수?'

"우리 한의 침술의 큰 줄기이신 허임 선생님의 말이다. 침술이란 마음으로 먼저 체득하고 손이 응해야 한다는 뜻, 즉 침이 아니라 마음을 놓아야 진짜 침술이 되는 법."

"……"

"족가지마. 네게 주는 교훈이다. 당장 내 한의원에서 나가거라. 내 이 문제를 한국 언론을 통해 기사화하고 너희 주석에게 상세히 통보할 것이다."

족가지마(足家之馬)!

분수를 모르고 날뛰는 사람을 이르는 사자성어이다. 추이평의 뇌리에 제어 불가의 충격파가 번져 나갔다.

"주석께서 심한 꾸지람이 계셨네. 이건 우리 중의학의 체면 문제야. 추 선생이 가서 중의의 파워를 보여주기 바라네. 주석께서 가지고 있는 한의에 대한 판단이 신기루라는 걸 보여주란 말일세. 우리 중의학이 한의 따위를 본보기로 삼을 수준이 아니라는 걸 말일세."

추이펑의 머릿속에 중의 회장 말이 바글거렸다. 이게 주석에게 직통으로 건너가면 중국을 망신시킨 죄로 장래가 막힐지도 모를 일이다.

"이봐요, 우리 추 선생이 당신을 도우려 한 일을 가지고 침소봉대하는 거 아니오?"

눈치를 보던 중국 기자가 항의하고 나섰다.

픽!

소리와 함께 기자가 무너졌다. 이번에는 조인트였다.

"이 공범, 다 알고 있으니 조용히 닥치고 있어!"

"뭐요?"

기자가 눈을 부라리자 진경태가 카메라를 디밀었다. 기자의 취재 카메라였다. 화면을 본 기자가 입을 다물었다. 추이펑의 시침 장면이었다. 추이펑이 환자를 시침할 때 기자가 촬영을 했다. 사전 공모의 증거였다.

"잘못했습니다."

사태를 파악한 추이펑이 무릎을 꿇었다. 우레이와 쏜시앙도 꿇었다. 머뭇거리던 기자도 함께 꿇었다. 우레이와 쏜시앙 역시 한패였다. 그들은 겸손한 척하면서 바람을 잡아주는 역할이었다. 연수단이 문제가 된다면 그들도 자유로울 수 없었다.

"진심인가?"

윤도가 추상처럼 물었다.

"예, 선생님."

추이펑이 고개를 숙였다.

"진심일 리 없잖아? 잘못은 저기 환자분에게 저지른 것이니."

윤도가 환자를 가리켰다. 감을 잡은 중의들이 환자에게 고개를 조아렸다.

"손해 배상으로 오늘 환자의 치료비는 물론 향후의 오장 안정과 뼈의 강화로 행기활혈을 도울 시침비와 탕약 비용까지 모두 당신들이 각출해서 지불하도록."

"그렇게 하겠습니다."

"어떻습니까? 허락 없이 치료에 끼어든 행위를 용서해 줄까요?"

윤도가 환자에게 물었다.

"저야 어떻든 원장님 덕분에 몸이 좋아졌으니 원장님 뜻에 따르겠습니다."

환자가 윤도에게 전권을 넘겼다.

"좋습니다. 시침 행위는 그렇게 갈무리하도록 하겠습니다."

윤도가 선언하자 추이평의 인상이 펴졌다. 하지만 그 평화는 오래가지 못했다.

"이는 오직 흥선암에 대한 시침 행위만이요. 다른 행위들, 즉 당신들이 애당초 품고 온 불손하고 치졸한 연수 목적에 대해서는 용서 못 합니다. 주석님에게 있는 대로 전할 것이니 그리 알고 물러가세요."

"······!"

"정 실장님, 이분들 몰아내세요. 볼수록 불쾌합니다."

윤도는 여전히 단호했다.

"아이고, 채 선생님."

"죄송합니다. 한 번만, 한 번만 용서해 주십시오."

중의들이 기겁을 하고 매달렸다. 그들은 윤도와 주석의 관계를 알고 있었다. 윤도가 제보한다면 그들의 미래는 암흑으로 바뀔 판이다.

"제발······."

추이평이 고개를 숙였다. 코가 바닥에 닿고 있다.

"진심입니까?"

"예, 한 번만 용서해 주십시오. 평생 선생님의 말씀을 뼈에 새기며 살겠습니다."

"······."

"선생님."

"사실 처음 당신을 봤을 때 기분이 좋았습니다. 헤이싼시호의 이야기를 할 때는 더욱 그랬습니다. 거기서 당신이 침술에 눈을 뜬 것 같아서 말이죠. 하지만 침술은 가도 가도 끝이 없는 길입니다. 인류는 사실 생명의 진실이 산소라고 생각하고 살았다죠. 하지만 이제는 산소가 아니라 탄소라는 말이 나오고 있습니다. 산소가 생명의 끈인 건 명백하지만 눈으로 보는 관점일 뿐이죠. 한의나 중의 모두 음양과 기혈의 조화를 중시하는 사람들 아닙니까? 우리는 보이는 것으로 과시하지 말고 보이지 않는 것까지 봐야 합니다."

"선생님……."

"보이지 않는 것, 환자들의 간절함, 가느다란 장침 하나가 생성하고 소멸시킬 기의 세계, 그걸 생각하며 숭고해져야지요. 무작정 병소를 쳐서 과시하려는 마음이 웬 말입니까?"

"죄송합니다."

"당신들, 진심으로 공감한다면 행동으로 보여주세요. 당신들에게는 어쩌면 내 한의원보다 합당한 연수처가 있는 거 같습니다."

"……."

"원래 연수 일정이 내일까지죠? 지금 당장 그곳으로 가세요. 밤을 새워서 봉사하고 그게 진심이라는 게 그곳 사람들에게 전해지면 여기서의 실수는 다 지워 버리도록 하겠습니다."

"거기가……?"

"요양병원입니다. 제가 연락해 둘 테니 네 분 다 가도록 하세요."

윤도의 엄명이 떨어졌다.

"아이고, 꼬셔라. 속이 다 시원하네."

요양병원에서 온 차가 중의들을 싣고 가자 진경태가 활개를 쳤다.

"수고하셨어요."

윤도가 치사했다.

"수고라뇨? 그런 놈들에게는 원장님 주먹도 아깝죠. 혹시라도 폭행이니 뭐니 하면서 불손하게 찍자 붙으면 괜한 구설수에 오를 수도 있고."

"그래도 나도 한 대 날렸어야 속이 시원한 건데."

윤도가 입맛을 다셨다.

"종일 씨도 고마워."

옆에 있던 종일에게도 인사를 전했다.

"제가 뭐 한 게 있다고요?"

"왜 없어? 몰카."

윤도가 핸드폰을 들어 보였다. 추이펑과 기자의 추악한 속

셈을 알아낸 건 핸드폰 동영상 때문이었다. 언젠가 일본 환자들에게 멋지게 써먹은 종일의 몰래카메라. 그걸 또 한 번 응용한 윤도였다. 침구실 안쪽에 핸드폰 동영상을 켜놓은 채 나온 것. 추이핑의 표정에서 뭔가 낌새를 차린 윤도의 기지였다.

하지만 진짜 그런 일을 벌일 줄은 몰랐다. 만약 오해라면 나중에 사과하려던 일. 그러나 현실이 되며 멋진 개가를 올리게 된 것이다.

그날 밤, 세 명의 중의는 요양병원에서 밤샘 침술 봉사에 임했다. 기자는 세 중의의 시중을 들었다. 꾀를 부리거나 농땡이를 칠 수도 없었다. 한국 기자 때문이었다. 윤도는 그들의 침술 봉사를 성시혁 기자에게 제보했다.

베이징 독감 퇴치에 대한 중의들의 보은 침술 봉사!

제보 주제부터 무시무시했으니 중의들은 화장실조차 가지 못하고 이 방 저 방 뛰어다녔다.

*   *   *

다음 날, 일찌감치 한의협회 회장이 달려왔다.

"이렇게 일찍 무슨 일이십니까?"

윤도가 시치미를 떼고 물었다.

"무슨 일이라니? 연수 온 중의들 어디 갔나?"

"봉사 활동 중으로 압니다만."

"어이쿠, 대체 무슨 일이 일어난 건가? 실은 어제 늦은 밤에 중의 회장이 전화를 걸어왔지 뭔가? 워낙 늦은 밤이라 받기만 하고 채 선생에게 확인은 못 했네만."

"문제가 있습니까?"

"다짜고짜 애걸복걸하며 사정을 하더라고. 불미스러운 일을 사과하니 문제 삼지 말아달라고."

"그랬군요."

윤도가 웃었다. 중의들이 연락을 한 모양이다. 중의 회장도 똥줄이 타고 남을 일이었다.

"뭔가? 그 친구들이 사고를 쳤나?"

"그렇습니다."

윤도 눈에 힘이 들어갔다.

"……!"

"그 친구들, 순수한 마음의 연수가 아니라 불손한 목적을 가지고 왔더군요. 혹시 회장님도 아셨습니까?"

"불손하다니?"

회장의 눈이 휘둥그레졌다. 그는 모르고 있는 게 확실했다.

"연수를 빌미로 중의의 위세를 떨치고 싶었던 거죠. 그 공명심으로 제가 치료하던 희귀암 환자에 멋대로 끼어들었다가 큰 사고를 치고 말았습니다."

"저, 저런……."

"황급히 수습은 했지만 자칫하면 대형 의료사고가 날 뻔했지요. 그래서 인성 교육차 침술 봉사를 보냈습니다. 그 성과를 보고서야 대처를 결정할까 합니다."

"허어, 그런 기막힌 일이."

"회장님께 다른 말은 없던가요?"

"없었네. 그저 송구하게 되었다고. 중의들이 아직 어려서 치기로 그런 모양이니 용서를 구한다고만……."

"그 회장이 시발점입니다. 믿지 마시고 강력하게 항의해 주십시오. 이건 한의나 중의 모두에게 좋지 않은 일이라는 일침과 함께."

"알겠네. 내 이것들을 그냥……."

빠라빠라방.

그때 윤도의 핸드폰이 울렸다. 요양병원 원장이다.

―채 선생님.

"안녕하세요? 중의들은 어땠나요? 성심껏 하던가요?"

―아이고, 아주 죽기 살기로 하더군요. 세 중의가 잠도 안자고 시침을 했습니다. 덕분에 고질병 어르신 20여 분이 몸이 좋아졌고, 초기 암 환자 두 분도 병세가 완연히 좋아졌습니다. 지금 확인 MRI 촬영하고 판독 중인데 어르신들 말로는 암이 사라진 것 같은 기분이라고 그러더군요.

"그 침은 누가 놓았나요?"

―추이평이라고……

'추이평.'

윤도가 호흡을 골랐다. 공명심에 가렸지만 그의 침술은 인정할 만했다. 문제는 결과만을 고려하는 난폭한 기혈의 주입. 그것만 다스리면 그도 침술에 일가를 이룰 사람이었다.

―아, 지금 판독 결과가 올라왔네요. 어이쿠, 이런.

원장의 목소리가 흥분에 휩싸였다.

"좋아졌나요?"

윤도가 물었다.

―굉장히 좋아졌습니다. 월초에 촬영한 것에 비하면 암 크기가 절반 이상 줄어들었습니다.

"중국 침술 명의 중의 한 사람입니다. 성심껏 시침한 모양이네요."

―아이고, 원장님. 이렇게 좋은 분들을 보내줘서 고맙습니다. 정말 고맙습니다.

"그 사람들, 병원 식당 밥이나 따뜻하게 먹여서 돌려보내 주십시오."

―알겠습니다. 곱빼기로 퍼 드리겠습니다.

원장의 전화가 끊겼다.

"무슨 전화인가? 나쁜 내용 같지는 않은데?"

회장이 물었다.

"봉사활동은 진정성 있게 했다는군요. 반성하는 것 같으니 회장님이 중의 회장에게 강력한 항의 표명을 하는 것으로 마무리하는 게 좋겠습니다."

"알겠네. 내가 따끔하게 일침을 놓겠네. 넘볼 걸 넘봐야지, 감히 우리 채 선생을 말이야."

회장은 기염을 토하고 돌아갔다.

오후가 되자 중의 일행이 돌아왔다. 다들 파김치가 된 표정이다. 최선을 다했지만 처분은 여전히 윤도의 손에 달린 일. 추이펑과 중의들은 감히 고개를 들지 못했다.

"소감이 어떻습니까?"

윤도의 목소리가 추이펑을 겨누었다.

"드릴 말이 없습니다."

추이펑의 고개가 떨어졌다.

"사실 여기보다 거기가 더 보람 있었죠?"

"……"

"하지만 다른 곳을 한 번 더 가서야겠습니다."

"……!"

"싫습니까?"

"아, 아닙니다. 말씀만 하십시오."

추이펑은 의외로 순순하게 응했다.

"두 분은요?"

윤도의 시선이 우레이와 쑨시앙에게 건너갔다.

"저희도 시키는 대로 하겠습니다."

"좋습니다. 그 장소는 중국입니다. 여러분의 가까운 요양원이나 불우이웃들에게 하십시오. 제 옵션은 그것으로 클리어입니다."

"예?"

"여러분의 마음가짐을 본 겁니다. 한 번 실수는 병가지상사라 했으니 불미스러운 일은 없던 것으로 하겠습니다."

"선생님."

"저도 그런 유혹을 받은 적이 있습니다. 최고로 보이는 것, 과시하고 싶은 것. 하지만 침술은 기술이 아니라 의술 아닙니까? 게다가 여러분은 제 적이 아니라 동료입니다. 한의학을 하고 있다는 사실만으로도. 안 그렇습니까?"

"채 선생님."

추이펑의 눈동자가 시뻘겋게 변했다. 윤도의 진심 앞에 자만과 오만으로 가득하던 마음이 풀어진 것이다.

"그럼 이제 마무리를 할까요?"

"마무리라면?"

"손 씻고 가운 입으시고 2번 침구실로 오세요. 추 선생님은 알지도 모르지만 4대 기혈 잡는 법과 오장직자침법을 선보이 겠습니다. 마침 환자 한 분이 기묘한 혈자리를 가진 데다 참 관과 시침도 허락해 주셨습니다."

"우와!"

추이펑이 환호했다. 공명의 각이 풀리니 그 얼굴에도 순수 함이 엿보였다. 타고난 악인은 없다. 그걸 실감하는 윤도였다.

은혈(隱穴), 부혈(浮穴), 가혈(假穴).

3대 묘혈을 가진 환자는 설암을 앓고 있었다. 초기에는 혀 가 부었다. 그러나 그 정도가 심해 숨 쉬기조차 버거웠으니 목설(木舌)로 보였다. 이는 심장과 비장에 열이 축적될 때 생긴 다. 하지만 비장의 생기로 보아 심장의 이상이었다. 초기에 제 대로 된 진단을 못 받는 바람에 골든타임을 놓쳐 버렸다.

붓기가 염증으로 변하면서 암이 되었다. 50대 초반의 환자 는 가난했다. 근면하고 참을성도 많았다. 작은 병원에서 구내 염 치료를 받거나 약국 진통제로 버텼다. 몸이 예전만 못하다 고 느꼈을 때는 이미 늦은 후였다.

설암 4기.

다행히 전이는 되지 않았다는 병원 쪽 소견이 있었다. 그러 나 암 발생 부위가 산발적이라 수술은 불가. 전체를 절제하면 암은 잡을 수도 있겠지만 혀를 베어낼 수는 없는 일이다.

이 환자는 SS병원의 소개로 윤도를 찾아왔다. 양방 차원에서 손을 쓸 수 없게 되자 지정의가 직접 부탁한 것이다.

하지만 비전이는 '그때까지'의 상태일 뿐이다. 윤도의 진단에는 전이가 있었다. 식도 쪽으로 뻗어가는 림프선과 위 유문관 근처의 유문괄약근 쪽이었다. 최근 들어 더 악화된 것이다.

"윽!"

"……?"

혈자리를 짚어본 중의들이 세 번 자지러졌다. 은혈이 나왔다. 자객처럼 숨바꼭질을 하는 혈자리다. 부혈도 있었다. 원래의 자리에서 살짝 들떠 있었다. 웬만한 침술이라면 헛발질이나 하다 말 혈자리. 더불어 가혈까지 있었다. 세 중의 중에 세 묘혈을 다 잡아낸 사람은 하나도 없었다. 추이평만이 은혈 몇 개를 감지했을 뿐이다.

"이게 부혈입니다."

윤도가 하나하나 확인에 나섰다.

"아!"

부혈을 체험한 우레이가 감탄을 토했다.

"이게 가혈. 처음 살갑게 느껴지는 기운을 무시하고 집중하시면 그다음에 오는 반응을 주목하세요."

"오오!"

쑨시앙도 혀를 내둘렀다. 추이평의 반응은 달랐다. 그는 자신이 감을 잡을 때까지 다섯 번이고 열 번이고 반복했다. 완전히 자기 것으로 만드는 것이다.

설암의 말기에 이르면서 온갖 부작용과 통증이 따르는 환자. 기본 사관혈과 아시혈 몇 자리의 시침을 중의들에게 맡겼다. 우레이는 사관혈을 잡는 것만으로도 기진맥진이 되었다. 그중 두 개가 부혈이었던 것이다.

쑨시앙 역시 아시혈 세 개로 파김치가 되었다. 하나는 가혈이었고 또 하나는 은혈이었다. 은혈은 결국 잡아내지 못해 윤도가 지도해 주었다.

혀를 주관하는 심장을 위한 시침은 추이펑에게 맡겼다. 신장을 북돋아 간의 파워를 늘리고 그 파워로 심장의 기혈을 강화하는 코스였다. 추이펑은 스스로의 판단으로 장침을 찔렀다.

"추 선생님."

시침이 끝나자 윤도가 추이펑의 주의를 끌었다.

"예."

"혀의 맥을 파악해 보세요. 암 덩어리가 어디에 있는지."

"알겠습니다."

추이펑이 맥을 잡았다. 첫날과 달리 힘이 들어가지 않았다. 그는 습득이 매우 빨랐다. 윤도가 지적한 사납고 난폭한 의술을 내려놓은 것이다.

"모두 네 곳으로 보입니다. 앞쪽과 중후반부의 두 곳, 그리고 혀뿌리에 한 곳."

"전이의 맥은 없습니까?"

윤도가 묻자 다시 맥에 집중하는 추이펑.

"잘 모르겠습니다."

그는 솔직하게 답했다. 윤도를 넘볼 수 없다는 인정. 그 마음이 그를 겸손하게 만들고 있었다.

"다시 잡아보세요. 식도로 내려가는 림프선, 그리고 위장의 유문부. 거기에 사기가 있을 겁니다."

"아!"

추이펑 입에서 탄식이 나왔다. 약간의 지도만으로 알아듣는 추이펑. 그건 그가 허풍선이 아니라는 반증이다.

"정 실장님, 약침 준비해 주세요."

윤도가 시침 채비에 나섰다.

"긴장되죠?"

장침을 집어 든 윤도가 환자에게 물었다.

"예."

"마음 편안히 하세요. 여기 세 분, 중국에서 굉장한 중의들이시거든요. 혹시 제가 조금 부족한 점이 있다고 해도 이분들이 메워줄 겁니다."

"……!"

윤도의 위로에 감격한 건 환자보다 중의들이었다. 이제는 닥치고 개무시를 당해도 할 말이 없을 입장. 그런데 이렇게까지 챙겨주니 몸 둘 바를 몰랐다.

윤도가 멸균 거즈를 들었다. 그것으로 환자의 혀를 잡아 늘였다. 첫 침은 혀뿌리 쪽으로 들어갔다. 암 덩어리의 중심을 꿰뚫자 강력한 화침으로 바꾸었다.

40.5℃.

온도를 세팅했다. 정상 세포를 제외하고 암의 씨앗까지 태울 생각이다. 나머지 두 침이 혀의 측면을 공격했다. 그 또한 불덩이의 화침이었다. 마무리는 앞쪽 혀.

안쪽의 침들이 사자(斜刺)로 들어갔기에 이 침의 각도는 20도 정도의 횡자(橫刺)가 되었다.

채칵채칵!

초침이 돌아갔다. 중의들의 시선은 환자의 혀에 걸려 있었다. 5분쯤 지나자 색깔의 변화가 보인 것이다. 황태와 암갈색으로 생기라고는 찾아볼 길 없던 환자의 혀. 말단부터 선홍빛이 맺히기 시작했다.

혀 역시 건강을 반영한다. 건강한 혀는 선홍색이다. 배출 장애나 기능 장애가 생기면 혀의 색이 변한다. 그 과정은 울태, 습태, 담태, 적태, 괴태 등으로 나뉜다. 환자처럼 스산한 황색에 퇴락한 갈색이면 염증과 만성체증을 의심할 수 있었다.

30분.

이제 혀의 절반 이상이 선홍빛으로 변했다. 그와 함께 환자의 안색에도 생기가 돌았다. 타이머를 따라 윤도가 발침을 했다.

환자가 숨을 돌리자 나노침 하나가 목을 겨누었다. 전이된 암 덩어리를 노리는 약침이었다. 추이평의 눈에 광기가 흘렀다. 그가 갈구하던 오장직자침들이 춤을 추고 있었다. 장부는 아니지만 목을 관통해 들어가는 거라 더욱 난도가 높은 침술이었다.

침은 어떻게 들어갈까? 각도는 어떻고 침법은 어떨까? 협지식 천피냐, 날기식 천피냐, 그것도 아니면 탱개식 천피냐? 추이평은 눈은 윤도의 손에서 떨어지지 않았다.

하지만 윤도의 침은 차라리 평범했다. 멋도, 과장도, 기교도 섞여 있지 않았다. 들어가는 침 또한 추이평의 침처럼 전광석화. 그러나 명백한 차이가 있었으니 윤도의 침은 환자를 우선해 부드러웠고, 추이평의 침은 의사 중심이라 난폭했다.

'내 침이 보통 침인 줄 알아?'가 추이평의 포지션이라면,

'이 침, 환자를 위해'가 윤도의 자세였다.

물결……

추이평의 머리에 물결이 일었다.

바람……

바람도 일었다.

윤도의 침은 그 짧은 찰나에도 조직과 세포, 근육과 혈관, 신경을 하나하나 헤치며 병소를 향해 나아갔다. 힘과 속도로 밀어붙이는 추이펑과 근본이 다른 것이다.

침은 마침내 식도의 암 병소를 꿰었다. 또 하나가 출격했다. 중의들은 넋을 놓은 지 오래였다. 그들은 혈자리조차 찾기 어려운 고난도의 환자. 그러나 윤도의 침은 거침이 없었다.

시침이 끝났다.

추이펑이 어깨를 내리고 밖으로 나왔다. 기자가 따라 나왔다.

"추 선생……."

기자가 추이펑을 불렀다. 추이펑은 중의의 에이스였다. 기자는 알고 있었고 취재와 촬영 또한 그를 중심으로 세팅하고 있었다.

"아까 반전을 생각해 보자고 했습니까?"

"예."

"그 마음, 여기다 내려놓으세요."

"추 선생."

"채 선생은 진정한 신의입니다. 내가 만난 명의들, 제 침술 앞에서 고개를 숙이던 그분들의 침과 차원이 다릅니다."

"……"

"채 선생이 있는 한 중의학은 한의학을 넘지 못할 겁니다. 제가 천재 명의라면 저분은 그 위의 신의이자 천의입니다."

"……!"

기자는 말을 잇지 못했다. 야심차게 탑승한 한국행 비행기. 그 안에서 요원하게 불타오르던 중국의 굴기와 추이펑의 야망은 간 곳이 없었다. 채윤도를 눌러 중의를 부각하려던 계획은 완패였다.

다음 날, 중의들은 중국으로 떠났다. 오래지 않아 윤도의 전화로 MMS가 들어왔다. 추이펑이 보낸 인터넷판 중국 기사들였다.

〈신의 손 한의 채윤도, 신진 중의들의 침술 눈을 뜨게 하다〉
〈차원이 다른 한의 침술, 중의들 대오 각성 필요〉

기사의 끝에 추이펑의 인터뷰가 보였다.

한의 침술, 중국에 30년은 앞서 있습니다. 중의들은 분발해야 합니다.

마지막은 추이펑의 문자였다.

[헤이싼시호 이야기는 제가 전설에서 따온 이야기입니다. 제
자신을 포장하느라 그럴듯하게 종종 써먹는 이야기죠. 21세기
에 그런 일이 있겠습니까만 이번 연수로 전설의 명침은 전설이
아니더라도 존재할 수 있다는 걸 깨달았습니다. 선생님이 준 심
장 폭격의 강력한 교훈, 두고두고 갈 길로 삼아 진정한 인술을
펼치는 중의로 거듭나겠습니다. Xie Xie.]

문자를 본 윤도가 가만히 웃었다. 그리고 먼 중국의 하늘
을 향해 중얼거렸다.
"헤이싼시호의 전설이 그저 전설인 것만은 아니지요."

6. 장관님은 오줌싸개?

"채 선생님!"

한정식 주차장에서 정 비서관이 손을 들어 보였다. 그도 막 도착한 모양이다. 정 비서관은 민정을 담당하는 양 비서관과 동행했다.

"들어가시죠."

그들이 윤도를 안내했다. 장소는 한정식집의 구석진 내실이 었다.

"여기 잡곡밥 한정식이 깔끔해서요. 김영란법도 있고 해서 비용에 맞게 정했는데 너무 구닥다리 장소를 골랐나요?"

정 비서관이 물었다.

"별말씀을. 한방으로 쳐도 오곡이 최고죠. 오장육부에 다 기를 전달하거든요."

"어이쿠, 그렇다면 다행이군요."

정 비서관이 너스레를 떨었다. 약속은 며칠 전에 잡혔다. 정 비서관의 요청으로 그의 가족을 치료해 준 데 대한 보답인가 싶었다.

"양 비서관입니다. 본 적 있죠?"

정 비서관이 양 비서관을 가리켰다.

"그럼요."

가벼운 목인사로 예의를 갖추었다. 청와대에서 몇 번 본 기억이 있다.

"지난번 장모님 일은 정말 고맙습니다. 덕분에 요즘 아침 밥상이 달라졌습니다."

"다행이네요."

"우리 어부인께서 그러더군요. 국가가 의료 정책을 바꿔야 하는 거 아니냐고. 양방 병원 열 군데를 넘게 돌아다녀도 못 고친 병인데 채 선생님이 한 방에……."

"장모님께서 침발을 잘 받으신 덕분입니다."

"언제나 겸손하시군요. 이제 그만하면 목에 힘을 주셔도 뭐라 할 사람 없을 텐데……."

"의학의 길은 멀고 또 멉니다. 여기가 끝이다 하면 좋은 의술 펼치기 어렵습니다."

"아, 중국 쪽에서 연수를 다녀간 모양이더군요?"

"예."

"단순한 연수였습니까?"

"예?"

"아닙니다. 굴기를 내세우는 중국이 어쩐 일로 침술 연수를 다 왔나 싶어서……."

"음이 있으면 양이 있는 것이니 중국도 모든 면에서 목에 힘을 줄 수는 없는 일이지요. 주제넘은 말이지만 한국 역시 몇 개 분야에서 앞서간다고 방심해서는 안 될 것 같습니다."

"좋은 말씀입니다. 그러자면 우리도 통일이 필요한데… 아니면 최소한 남북의 적극 협력이라도 말입니다. 그게 아니면 중국을 견제하기 쉽지 않은데 서로 지척에서 왕래도 못 하는 형편이니."

"스트레스 좀 받으시겠습니다."

"대통령께서 채 선생님 만나러 간다고 하니 시원한 장침이나 한 대 맞고 오라고 하시더군요."

"놔드릴까요?"

"여기에서요?"

"못 할 것도 없습니다."

윤도가 장침 통을 꺼내 들었다.

"기왕 말 나온 거, 맞아봅시다."

정 비서관이 양 비서관을 돌아보았다. 그러자 양 비서관이 사진 한 장을 꺼내놓았다.

"침은 이분에게 좀 부탁드립니다."

양 비서관이 말했다. 사진은 70여 세쯤 되어 보이는 인물이었다.

"……?"

윤도가 주춤거렸다. 스트레스를 풀어주겠다는데 엉뚱한 사진을 내놓은 것이다.

"봉철기 전임 주중 대사입니다. 나이는 올해 68세."

"양 비서관님."

"아시는지 모르지만 외교부 장관이 국장 시절 여대생 인턴을 노래방에서 성추행했다는 제보가 올라와 곤혹을 치르고 있습니다. 자체 조사 결과 혐의 일부가 인정되는 바람에 경질 분위기로 가고 있는데……."

여기도 미투(Me too)다.

"……."

"거기서부터는 제가 설명하지요."

정 비서관이 말꼬리를 잡고 들어왔다.

"방북 사건 기억하시죠?"

"그럼요."

"그때 선생님 도움으로 특사들이 몇 번 왕래하고 있습니다. 하지만 저쪽에서 우리 측 특사들을 시큰둥하게 여기는 통에 큰 진전이 없는 편이지요. 해서 대통령께서도 임기 말의 내실을 고려 중이신데 최근 중국의 팽창정책에 비춰볼 때 그동안 물밑에서 공을 들여온 남북 접촉이 흐지부지 끝나면 차기 정권에서는 버리는 카드가 될 거라는 우려가 큽니다."

"……."

"해서 외교 라인을 대폭 교체해 대북 성과를 가시화하려던 계획과 맞물려 외교 장관 교체 카드를 뽑게 되었습니다."

"……."

"그 적임자가 바로 이분 봉철기 전임 주중 대사입니다. 중국 대사로 재임 시 중국과의 관계도 좋았고 북한 측과의 라인도 갖고 있는 분이죠. 다만 탈북자들의 대사관 진입을 막았다는 이유로 여론이 악화되어 사직했지만 남북 평화를 위해서는 꼭 필요한 분입니다."

"그럼 어디 중병이라도 앓으시는 겁니까?"

윤도가 물었다. 중병이 아니라면 윤도에게 긴말할 이유가 없는 일이다.

"고질병이 있습니다. 그걸 좀 고쳐주셨으면 합니다."

"고질병?"

"요실금입니다."

정 비서관이 또렷하게 말했다.

요실금.

한방에서는 소변불금으로 통한다.

"가능합니까? 콩팥도 조금 안 좋은 것 같습니다만……."

"그 정도라면 병원에서 수술로 해결이 가능한 것으로 아는데요?"

요실금.

수술이 불가능할 정도의 난치나 불치는 아니었다.

"그게 자세히는 모르지만 마취 알레르기가 있는 모양입니다. 중국 대사로 있을 때도 중국에서 수술을 시도하려고 마취를 했는데 죽을 뻔한 해프닝이 있었습니다."

'마취 알레르기?'

"침으로 되겠습니까?"

"환자를 보지 못해 장담하기는 그렇지만 길은 있을 걸로 봅니다."

"그렇다면 부탁드립니다. 이 일로 청와대 인사 시스템에서 검증하고 있는 세 분이 있는데 이게 그만 야당과 시민 단체에게 새어 나가고 말았습니다."

"어떻게 그런 일이?"

"청와대라고 대통령의 사람만 있는 게 아닙니다. 보안이라

는 건 어떻게든 허점이 있게 마련이지요. 다른 루트에서 샐 수
도 있고요."

"……?"

"그렇다 보니 당장 야당과 시민 단체에서 비공식 반발이 왔
습니다. 기저귀 차고 오줌이나 줄줄 흘리는 사람을 외교 장관
에 앉혀 국제 망신을 사려냐고요."

'허얼.'

"그렇잖아도 꼬투리를 찾던 참에 제대로 잡은 거지요. 요실
금이 중병은 아니지만 국민 여론에 부정적 영향은 줄 수 있
는 것으로 나왔습니다. 하지만 대북 접촉에서 이분만큼 성과
를 낼 적임자는 없습니다. 통일은 몰라도 최소한 비핵화 협정
에 개성공단 재개, 금강산 관광만 재개해도 우리 경제에는 날
개가 될 겁니다."

"그럴 수는 있겠군요."

"이렇게 부탁하는 건 문제가 하나 더 있기 때문입니다."

"하나 더 있다고요?"

"봉철기 전 대사 본인도 이 문제로 고사하고 있습니다. 기저
귀 차는 심정을 아냐고 하더군요. 그것 때문에 스트레스 받
아 집 밖 구경한 지도 오래되었다고. 주변 말로는 다니던 병원
에서도 손을 들었고, 그 의료 기록이 새어나간 건지 요실금이
공개되고 말았습니다."

"병원 의료진이 공개했단 말입니까?"

"누가 했는지는 모릅니다. 의사일 수도 있고 간호사일 수도… 혹은 관련 직원들이거나 국민건강보험공단, 혹은 측근 쪽일 수도 있습니다."

"복잡하군요."

"정보 공개 문제는 수사하면 나오겠지만 그러다 봉철기 대사의 요실금이 더 이슈화될까 봐 건드리지 못하고 있습니다. 하지만 선생님이 고쳐주시면 오히려 반전 카드가 될 수 있기에 청와대 비서관 회의에서……."

"……."

"부탁합니다."

정 비서관은 절실했다.

"뭐 정 그렇다면 봐드릴 테니 한의원으로 나오게 해주시죠."

"죄송합니다. 그 의견을 드렸는데 천하의 명의라도 자기 요실금은 못 고친다고 고사를……."

"제가 가달라는 말씀이군요?"

"죄송합니다."

"그럼 언제까지 봐드리면 되겠습니까?"

"죄송하지만 지금 당장이면 더 좋습니다."

정 비서관은 기다렸다는 듯이 눈빛을 세웠다. 번갯불에 콩 볶아 먹는 눈빛이다.

끼익!

윤도의 차가 장충동에서 멈췄다. 정 비서관과 양 비서관이 동승한 차의 뒷좌석이다.

"여기입니다."

정 비서관이 가리킨 곳은 2층짜리 주택이었다. 담장을 타고 올라간 담쟁이넝쿨이 인상적이다. 벨을 누르니 파출부가 나왔다. 작은 마당은 목가적이었다. 오래된 돌절구 안의 물에는 작은 연꽃이 피었고 벽을 따라 소담한 우리 꽃들이 즐비했다.

"또 오셨나?"

봉철기가 문을 열고 나왔다.

"누구?"

윤도를 보더니 정 비서관에게 물었다.

"말씀드린 대통령 자문의이자 국가 대표 명의 채윤도 선생님입니다."

"고집하곤……."

봉철기는 괜한 짓을 했다는 듯 쓴 볼을 실룩거렸다.

차가 나왔다. 봉철기는 마시지 않았다. 환한 거실에서 보니 얼굴이 누렇게 떠 보였다.

"대사님은 안 드십니까?"

정 비서관이 봉철기를 챙겼다.

"됐네."

봉철기가 손사래를 친다. 소변이 잦거나 요실금이 있으면 수분을 꺼린다. 바지를 보니 사타구니가 풍성했다. 기저귀를 차고 있다는 뜻이다. 크게 표시 나지 않는 기저귀도 있지만 집 안이다 보니 편하게 착용한 것 같았다.

"대통령의 뜻이 그렇습니다. 한 번만 더 나라를 위해 일해 주십시오."

"허어, 내가 나랏일이 싫어서 그러나? 민간에서 이 나이면 명퇴를 해도 몇 번을 했을 나이야."

"황희 정승의 예를 보면 대사님은 아직 멀었습니다."

"우리 대통령이 훌륭하지만 세종은 아니시네."

"세종도 날 때부터 위대한 업적이 있던 건 아닙니다. 그러고 보니 그분도 병을 달고 살면서도 애민을 했다죠?"

"거 요즘 비서관들은 말발로 임명되시나? 청산유수로군."

"혹시 기사 보셨습니까? 우리 채 선생님, 중국 중의들도 침을 배우러 오는 분입니다. 전에는 베이징대첩이라고, 베이징을 휩쓴 악성 독감에서 어린이들을 구했고 그 일로 중국 주석으로부터 직접 훈장까지 받은 분입니다."

"젊은 양반이 대단하군."

"기왕 모시고 왔으니 진찰이나 받아보시죠. 이 일은 밖으로 새어나가지 않을 겁니다."

"거 괜한 일이래도."

"아유, 고집 그만 부리시고 좀 받아보세요. 저도 소문 들었는데 진짜 명의라고 하더라고요. 혹시 또 알아요?"

주방 쪽에서 사모님이 힘을 실어주었다. 고위 각료 출신의 은퇴자. 그래봤자 집에 들어앉으면 여자의 밥이다. 봉철기도 예외는 아닌 것 같았다.

윤도는 이미 몇 가지를 확인하고 있었다. 목소리 때문이다. ㄴ과 ㅇ, ㅅ이 증거였다. 진맥만은 못하지만 소리로도 병을 유추할 수 있었다. ㄴ으로 치면 화(火)에 해당하니 그 소리가 맑지 못하면 심장의 이상, ㅇ은 수(水)의 의미이니 신장이나 방광의 이상, ㅅ은 폐의 문제를 반영한다.

폐가 나온 건 방광과 형제 같은 장부이기에 그렇다. 방광의 기능이 떨어졌을 때 폐를 돌보는 것도 그런 이유이다.

이는 청진기의 원리이기도 했다.

만약 류머티즘 열(rheumatic fever)로 심장의 밸브가 손상을 입으면 혈액의 흐름에 잡음이 생긴다. 몸속의 소리를 듣고 건강을 진단하는 청진(聽診)은 의학에 있어 가장 쉬우면서 고전적인 방법이다.

기원은 히포크라테스가 환자 몸에 귀를 밀착시켜 인체의 박동을 직접 청취한 데서 비롯됐다. 서양 의학의 맥은 심장 수축에 의한 혈관의 운동을 의미한다. 그러나 한의학에서 맥은 심장을 포함한 오장육부 전신의 상태를 파악하는 매개체이다. 그렇기에 심장에 더불어 신장과 방광의 정보까지 얻는 것이다.

"맥을 좀 보겠습니다."

분위기를 타고 윤도가 나섰다. 자존심이 강한 환자는 그 자존심을 지켜주는 게 좋다.

"거 참."

봉철기가 마지못해 손을 내주었다.

늙은 손을 잡았다. 주중 대사라면 성공한 외교관. 그러나 세월은 결코 비켜가지 않았다. 그런데 이 사람……

"……?"

맥이 잡히지 않았다.

'응? 맥이 없어?'

초보 한의사 때라면 경악했을 일. 하지만 산목숨의 경우에도 맥이 잡히지 않는 경우가 있다. 바로 청렴하고 고귀한 사람이다. 예를 들면 아름다운 수행의 길을 간 스님들이 그렇고 과거의 청빈한 선비들이 그렇다. 이런 사람들은 양 손목에서 맥을 잡을 수 없다. 진맥 자리를 12경맥의 동맥으로 옮겼다. 맥을 누르자 뿌리가 느껴졌다. 뿌리가 잡히지 않으면 오래 살지 못한다. 요실금을 고치면 공무에 지장은 없을 것 같았다.

쉬운 일은 아니었다. 요실금은 알고 왔다. 방광과 신장에 문제가 있을 것은 짐작하고 있었다. 그러나 봉철기는 고혈압도 있었다. 게다가 악성이었다. 그렇다면 혈압 약을 먹었을 일. 그로 인해 방광과 요도가 많이 상해 있었다.

"좋네요."

진맥을 끝낸 윤도가 웃었다.

"좋다고요?"

봉철기가 고개를 들었다. 오랜 기간 고질병을 달고 산 봉철기이다. 질금질금 나오는 요실금은 사실 돌산도에서 온 환자의 정액 새는 병보다도 삶의 질을 떨어뜨린다. 지린 악취 때문이다.

"요실금에 악성 고혈압, 신장동맥 문제로 인한 2차성이네요. 게다가 심근경색 기미도 있습니다. 하지만 시한부 날짜를 받아놓은 암은 아니지 않습니까?"

"······?"

"아까 두 분께서 황희 정승 말씀을 하시던데 그분은 눈이 안 보이고 걸음을 걸을 수 없을 때까지 국사를 보셨습니다. 그분이 세종대왕에게 사직을 청하는 편지에 나오더군요."

"허어, 이 양반······."

"우리 채 선생님이 괜히 명의겠습니까? TS의 이 회장도, 대통령도 채 선생에게서 배우는 게 많습니다. 수년 내에 우리 대한민국에 노벨의학상을 안겨줄지도 모릅니다."

정 비서관이 지원 사격을 했다.

"아직은 괜찮지만 심근경색이 발병하면 어렵습니다. 국정은 나중 문제이고 기왕 뵈었으니 침을 좀 맞으시지요."

"당신 정말 자신이 있는 거요?"

봉철기가 물었다.

"어렵지만 불가능한 건 아닙니다."

"이봐요, 내가 왜 요실금을 고치지 못했는지 압니까? 나 마취 알레르기도 있어요. 게다가 악성 고혈압이라 함부로 손을 댈 수도 없는 몸이고."

마취!

요실금 수술을 받지 못한 이유가 확인되었다. 고혈압 때문에 그렇겠다고 생각했지만 치명적인 이유가 있었다. 고혈압이 있으면 수술이 어렵다. 그런데 마취 알레르기가 있다면 고혈압이 없어도 수술은 불가능했다. 신장으로 인한 악성 고혈압은 사실 청장년층에서 주로 생긴다. 봉철기는 70에 가까우니 아무래도 베이징에서의 극심한 스트레스가 원인일 수 있었다.

"제 침은 마취가 필요 없습니다."

윤도가 봉철기의 우려에 쐐기를 박았다.

"마취가 필요 없다고? 그럼 고혈압도?"

"신장의 이상은 수년 전부터 생긴 것 같더군요. 동맥 혈관이 문제인데 침으로 해결이 가능합니다. 이것 역시 당장은 목숨을 위협하지 않지만 언제든 신장의 기능 장애를 유발해 뇌와 심장에 대미지를 줄 수 있습니다. 심근경색의 신호도 빨라지겠죠."

"......."

"대사님의 요실금은 신장의 기혈이 붕괴되면서 시작되었습니다. 그때부터 혈압이 올라가면서 혈압 약을 드셨겠지요."

"그랬소. 처음에는 노바스크로 시작해서 카베올정, 유레틴정......"

"혈압 약은 대개 이뇨제입니다. 작용 원리는 간단해서 신장에서 혈액 중의 수분을 걸러내는 작용을 촉진해 소변의 양을 증가시킵니다. 혈액의 절반가량이 물이니 수분을 감소시키면 혈액 양의 부피가 줄어듭니다. 그렇게 되면 혈액이 혈관을 때리는 압력, 즉 혈압이 내려가는 원리지요."

"......."

"이뇨제를 복용하는 환자들은 대개 동맥경화증 등으로 혈액 내의 지방 성분이 높아 피가 끈적끈적해집니다. 이때 이뇨제 투여로 탈수를 시키면 혈액 점성이 더 높아져 흐름이 느려지고 쉽게 응고되어 혈관을 막아버리게 됩니다. 오래 복용하면 신장 기능의 약화는 물론 뇌경색과 심근경색이 일어날 수 있습니다. 심근경색이 괜한 말이 아니라는 거 이해하시겠습니까?"

"......."

"시침하겠습니다."

윤도가 선언했다. 이미 압도된 봉철기는 입 한번 벙긋하지 못했다.

요실금.

한방에서는 소변불금으로 불린다. 소변을 참지 못하는 것이다. 소변에 대한 한방의 관점은 양방과 차이가 있다. 수분이 대장에서 여과되면 방광으로 가서 포의 기화(氣化)에 의해 소변이 되는 것으로 보는 것이다.

소변불금 자체도 몇 가지로 나뉜다.

1)소변을 멈추려 해도 저절로 나오는 건 기가 약해진 까닭.

2)자신도 모르게 소변이 나오는 건 방광이나 폐기가 약하기 때문.

3)노년기에 날이 저물면 화장실을 달고 사는 건 방광이 약해서 냉하기 때문.

4)소변을 자주 보기는 하지만 시원하게 발사하지 못하고 찔끔거리는 건 정력이 약해진 까닭.

소변의 건강은 크게 두 가지로 본다. 내보낼 소변을 잘 저장하고 있는가와 그것을 내보낼 힘이 있는가이다. 어느 것이든 문제가 있으면 좋지 않다.

소변불리에 진액 부족, 소변불금에 기화 불능이라고 말하나 실제의 환자들에게는 교과서대로 나타나지 않는다. 의서나 교과서는 언제나 참고 사항이 될 뿐이다.

거실에 매트를 깔고 편안히 눕게 했다. 사모님만 남기고 두 비서관은 물렸다. 환자가 긴장하므로 사관혈부터 열었다. 기를 한 바퀴 돌려주니 비로소 안정되는 봉철기였다.

'고혈압부터.'

시침의 방향이 정해졌다. 그러자면 신장동맥의 협착부터 해결해야 한다. 처음부터 오장직자침이 필요해진 것이다.

나노침을 뽑았다. 약침은 약쑥을 기본으로 제조한 것으로 선택했다. 쑥은 암 덩어리를 녹인다. 동맥에 낀 때를 빼는 정도는 문제가 되지 않을 것으로 보였다. 마음을 다스린 윤도가 첫 나노침을 넣었다. 침 끝이 신장 표면의 막에 닿았다. 그 결을 열고 들어갔다.

탱글.

탄력이 왔다. 동맥에 닿은 것이다. 동맥의 느낌은 언제나 차다. 마치 찰고무로 만든 공을 누르는 느낌이다. 이런 상태에서 누르면 십중팔구 달아난다. 인간의 기관은 그냥 부속물이 아니다. 외부의 침입에 맥없이 당하지 않는다.

하지만 윤도의 침은 해치는 침이 아니라 살리는 침이다. 혈관의 표면에 그걸 알려주었다. 가볍게 건드리며 혈관의 경계를 늦추는 것이다. 동맥의 긴장이 풀렸다. 나노침이 밀고 들어 갔다. 협착이 시작되는 부위였다.

침 끝을 조절해 약침을 퍼뜨렸다. 손가락의 온도를 높여 화침을 만들었다. 뻑뻑한 느낌이 조금씩 풀리고 있었다. 침 끝을 잡고 미세 조정을 하며 버텼다. 자칫하면 그대로 밀려나는 침이다. 동맥의 탄력은 장난이 아니었다.

잠시 쉬었다가 새 침을 넣었다. 그 과정만 무려 여섯 번을 반복했다. 동맥 협착은 무섭다. 심장이나 뇌에서 생기면 소위 '골'로 가는 것이다. 지켜보던 사모님도 함께 무아지경에 빠졌다. 등을 굽힌 채 숨도 제대로 쉬지 못하고 있었다.

"힘듭니다. 앉으세요."

보다 못한 윤도가 자리를 권했다. 사모님은 그제야 힘겹게 소파에 엉덩이를 걸쳤다.

동맥 협착이 오래되지 않은 게 다행이었다.

만약 20년, 30년 세월이 쌓인 거라면 녹이는 데 밤을 새워야 할지도 몰랐다.

어느 정도 되었다 싶을 때 망침을 집어 들었다. 끝을 뭉툭하게 개량한 망침이다. 약침액을 몸통 전체에 발라 동맥 안에 밀어 넣었다. 그 긴 망침이 혈관 안으로 죄다 들어가 버렸다. 사모님은 벌어진 입을 막느라 바빴지만 윤도의 촉각은 오직 망침 위에만 있었다.

망침을 고정시키고 타이머를 세팅했다.

"채 선생……."

정원으로 나오자 정 비서관이 다가왔다.

"잘되고 있습니까?"

"저는 최선을 다하지만 나머지 절반은 하늘이 돌보는 겁니다."

윤도가 웃었다. 질병은 환자 중심이다. 한의사가 아무리 좋다고 해봤자 환자의 불편이 해소되지 않으면 소용이 없다. 돌아보니 양 비서관은 보이지 않았다.

"대통령께 연락을 드렸어요. 아마 응원하고 계실 겁니다."

"대통령의 신뢰가 굉장한 분인가 보군요."

"실은 그 반대입니다."

"예?"

뜻밖의 대답에 윤도가 고개를 들었다.

"코드만 따지자면 더 적합한 사람이 많죠."

"그런데 왜?"

"번데기 앞에서 주름 잡는 것 같아서 그렇지만 이 인사도 어쩌면 한방의 원리처럼 음양에 해당합니다."

"……?"

"저도 최근에 그 이론에 심취했습니다만, 그동안 역대 대통령들은 음은 음끼리 양은 양끼리 해먹었지요. 그러다 보니 늘

인사 잡음에 정치 보복까지 끊이지를 않고 있습니다."

"……"

"하지만 통일입니다. 남북 협력입니다. 이런 일이라면 음양의 조화가 필요하지 않겠습니까? 해서 정치적인 신념은 조금 다르지만 남북 협력 분위기 조성에는 최적임자로 꼽히는 분을 고른 겁니다."

"대단하군요."

"아직은 아닙니다. 채 선생님이 요실금을 고쳐주셔야만 완성되는 퍼즐입니다."

"기도를 부탁합니다."

그 말을 남기고 돌아섰다. 시침을 이어갈 시간이었다.

"어머!"

사모님이 경기를 했다. 혈압 때문이다. 약을 먹어도 140대에서 내려오지 않던 혈압이 125로 내려와 있었다.

"말도 안 돼."

사모님은 경련을 멈추지 못했다.

"그럼 다시 고혈압으로 돌려놓을까요?"

윤도가 웃었다.

"아뇨. 세상에, 세상에……"

"왜? 나 죽으면 딴살림 좀 차려볼까 했더니 틀린 거 같아?"

봉철기도 농담으로 장단을 맞췄다. 기분이 좋아졌다는 반증이다.

"그래요. 나도 과부로 살기는 싫거든요. 그러니까 딴살림 샘나면 여기 채 선생님 바짓가랑이라도 붙잡고 싹 낫게 해달라고 하세요."

"아이쿠, 이거 오늘 요실금 못 고치면 쫓겨날 기세네그려."

봉철기가 웃었다.

두 번째 시침도 협착 해결 쪽이었다. 나노침은 심장으로 옮겨갔다. 찌꺼기가 달라붙기 시작하는 동맥에도 약침을 넣었다. 이쪽은 이제 시작된 곳이라 오래 걸리지 않았다. 이제는 장관 임용에 문제가 된다는 요실금을 저격할 차례였다.

"입이 마르신 거 같은데 물 한 모금 마시고 시작하죠?"

윤도가 물을 권했다. 봉철기는 군소리 없이 물을 삼켰다.

"나이가 들면서 입이 마르면 방광을 생각하셔야 합니다. 입이 마르면 소화력도 떨어지니 좋지 않습니다."

"아이쿠, 그래서 내가 요즘 속이 안 좋았나?"

"오늘 요실금 치료는 방광과 신장, 폐와 단전까지 함께 세트로 진행하게 될 겁니다."

"요실금에 관여하는 곳이 그렇게 많습니까?"

"대개 요실금 하면 방광을 생각하지만 방광에 문제가 있으면 폐의 지원이 필요합니다. 대사님 병은 신허가 시작인데 단전의 힘도 쭉 빠져 있어 조이는 힘이 부족하지요. 네 곳을 잘 돌보면 잠길 때 잠기고 열 때 열릴 것으로 봅니다."

"말만 들어도 다 나은 거 같네."

"저 양반도 나이 드니까 허풍만⋯ 아까는 침 안 맞겠다고 똥고집이시더니."

사모님이 볼멘소리를 했다.

장침이 출격을 시작했다. 일단은 간수와 비수, 그리고 중완혈이었다.

"어때요? 전보다 힘이 좀 들어가죠?"

윤도가 아랫배를 누르며 물었다.

"응?"

"단전은 신장의 기를 다스리는 곳이죠. 여기에 힘이 없으면 뭘 해도 맥이 없습니다. 오줌발도 여기에 힘이 있으면 꽉 조일 수 있습니다."

"허어."

시침이 속도를 내기 시작했다. 신허를 해소하기 위해 부류와 태백, 태계혈을 찔렀다. 방광경의 모혈 중극도 빼놓지 않았고, 방광의 원기와 기를 위해 기해와 방광수를 잡았다. 상료혈을 더해 빈 곳을 채우고 소변을 자르는 힘을 위해 중료혈에 침을 넣었다. 마무리는 관원혈과 곡골혈에서 했다. 이 또한 아시혈의 하나였으니 소변을 참지 못하는 증상에 좋은 혈자리였다.

단전과 신장의 기가 안정되기 시작했다. 폐와 심장도 그랬다. 그 기의 흐름을 방광 쪽으로 돌렸다. 방광에 이르러 온화한 기가 되었다. 방광 곳곳에 생기가 퍼져갔다.

'오케이.'

윤도가 확인에 들어갔다. 감은 침감을 단숨에 풀어버린 것이다. 방광을 차지하고 있던 사기의 대방출이었다.

"채, 채 선생님!"

봉철기가 다급하게 소리를 질렀다. 그 손이 가리키는 곳은 사타구니였다.

"싸, 쌀 것 같습니다."

경륜답지 않게 울상이 되는 봉철기. 감을 잡은 윤도가 하의를 내려주었다. 안에는 치료를 위해 팬티도 기저귀도 차지 않은 상황.

"어머!"

사모님이 먼저 고개를 돌렸다. 대포알 물줄기가 발사된 것이다. 오줌발은 거짓말 좀 보태서 천장까지 닿았다.

"어, 어, 어……."

황당한 상황에 봉철기는 신음 소리만 냈다. 윤도가 다시 침을 감았다. 오줌발이 언제 그랬냐는 듯이 뚝 멈추었다.

"응?"

봉철기가 고개를 드는 순간, 다시 한번 오줌 줄기가 발사되었다.

발사.

중지.

발사.

중지.

몇 번이고 그랬다. 윤도의 시험은 방광 안의 오줌을 한 방울까지 쥐어짜낸 후에야 멈췄다.

"채 선생님……."

봉철기는 황당무계하다는 표정이다. 힘찬 오줌발이 그랬고, 마구잡이로 나오는 오줌이 그랬다. 더 놀라운 건 자르는 힘이었다. 비록 자신의 의지는 아니었지만 단숨에 멈추는 조절이 놀라웠다.

"치료 끝났습니다."

윤도가 비로소 시침 완료를 선언했다.

"채 선생님."

"방금 그건 방광 기능을 강화한 겁니다. 방출과 끊음 말입니다. 늘어지고 헐거워진 방광막의 탄력을 살려냈으니 소변이 새는 일은 없을 겁니다."

"그, 그럼?"

"조금 전의 그 방출과 끊음, 이제 대사님이 자의로 조절할 수 있습니다."

"허어."

한숨을 쉬는 사이 파출부와 사모님이 실험의 파편(?)을 치웠다. 냄새는 좀 났지만 그게 문제가 아니었다.

벌컥벌컥!

물을 마셨다. 윤도의 처방이다.

"확인해 보시죠."

한참이 지나자 윤도가 봉철기의 등을 밀었다. 목적지는 화장실이다.

딸깍!

문을 닫은 봉철기가 변기 앞에 섰다. 하의를 내리고 물건을 보았다.

오줌!

살면서 그게 문제가 될 줄은 몰랐다. 젊을 때는 한 말을 저장해도 끄떡없던 방광이다. 하지만 일장춘몽이었다. 대사관 사건 이후 스트레스에 눌리자 푸른 꿈은 사라졌다. 힘을 줘도 나오는 둥 마는 둥, 끊어도 멋대로 흘러나오던 오줌 줄기. 급기야 기저귀를 차게 될 때는 차라리 잘라내고 싶은 고추였다.

'될까?'

우려하는 마음이 어떻게 없을까? 반신반의하는 마음으로 방광에 힘을 주었다.

쏴아!

귀에 물소리가 들렸다. 그 소리를 따라 눈을 뜨는 봉철기.

"……!"

변기 중앙을 강타하는 오줌 줄기를 보고 소스라쳤다. 그 원천은 자신의 고추였다. 오줌이 나오고 있었다. 젊은 날의 그 오줌발이었다. 방광에 남은 마지막 한 방울까지 밀어내고 끊을 수 있는 절정 탄력의 발사 장치.

"끙!"

소리가 나도록 요도 문을 닫았다. 찡그린 미간을 펴며 시선을 내렸다. 고추의 끝을 보는 것이다. 제아무리 용을 써도 방울방울 누수가 되던 오줌발. 하지만 오늘은 꼭지가 단단히 잠겨 있다.

소변은 양기(陽氣)다.

방광 안에서 끓는다. 보글보글 끓는다. 물은 체온처럼 36.5℃가 아니다. 방광에 고이는 소변은 혈관 밖에서 오는 물이다. 이걸 36.5℃로 유지하자면 끓는다는 표현이 알맞다. 36.5℃를 유지하지 못하면 질병이 생긴다. 질병의 예방을 위해서라도 소변을 자주 내보내게 된다.

그러나 소변은 고추를 내놓는다고 저절로 나오는 게 아니다. 압축력으로 짜내는 것이다. 이 힘이 약하면 나오다 들어간다. 양기의 통로는 독맥. 그러고 보니 등뼈에도 힘이 콱 들어

가 있다. 등이 뒤로 젖혀지는 건 양기가 튼실한 사람의 특징
이다.

'그럴 리가?'

고추를 털었다. 입구까지 나와 있던 한 방울이 튀어나왔다.
그것으로 끝이었다. 고장 난 수도처럼 잠기지 않던 오줌 꼭지
가 완벽하게 잠긴 것이다.

"허어!"

탄식이 나왔다.

"여보!"

화장실 밖에서 사모님이 성화를 불렀다. 그녀도 궁금한 까
닭이다. 안에서 문이 열렸다.

"여보."

"당신, 통영 장인어른 묘지 한번 가고 싶다고 그랬지?"

"예?"

"가자고. 내가 오줌 줄줄 흘리면서 어른들 뵙고 싶지 않았
는데 이제는 가도 되겠어."

"그럼 당신……?"

"그래, 확인하시려나? 내 수도꼭지 단단히 잠겼어."

흥분한 봉철기가 사타구니를 가리켰다. 기저귀를 차지 않
은 상황. 지린 흔적도 없이 뽀송뽀송하니 보기가 좋았다.

"여보!"

사모님이 봉철기의 품에 안겼다.

"아유, 우리 대사님, 너무 좋으시겠다."

지켜보던 파출부도 눈시울을 붉혔다.

"고맙소, 채윤도 선생."

봉철기가 손을 내밀었다. 엉거주춤하던 아까와는 달랐다. 배에도 힘이 들어가고 다리도 튼실했다. 가운데가 열린 사람의 부실함은 어디에도 없었다.

"당분간 신허를 보해야 하니 무리하시면 안 됩니다. 일주일 후에 제 한의원으로 나오셔서 침 한 번 더 맞으시고 탕약도 드셔야 합니다. 음식도 가능하면 오미자와 산수유, 군마늘, 호두, 잣, 밤 등을 고루 드시고요. 그 또한 요실금에 좋은 것들입니다."

"여부가 있겠습니까? 뭐든 지시만 내려주십시오."

"어이쿠, 대사님. 실은 대통령께서 중히 쓰시려고 부탁한 일인데 자칫하면 채 원장님 지시에 따르게 생겼습니다."

정 비서관이 너스레를 떨었다.

"아예 그럴까요? 늙어보니 건강이 최고인데 채 선생님 옆에 있으면 건강 문제는 없을 것이니."

봉철기의 농담에 일동이 웃음꽃을 피웠다.

"가만, 채 선생님. 제가 잠깐 외출 좀 하면 안 되겠습니까?"

시계를 본 봉철기가 윤도에게 물었다.

"나가신다고요?"

"저 앞에 요가 교실이 있거든요. 내가 꼭 좀 보고 싶은 면상이 있어서……."

"어머, 천만호 의원 보러 가려고요?"

사모님이 물었다.

"천만호 의원이요?"

정 비서관과 양 비서관도 반응을 보였다. 이유는 봉철기가 설명해 주었다.

"야당 중진 아니오? 그놈이 베이징 대사관 사건도 침소봉대해 나를 욕보이더니 내 요실금도 굉장히 비웃지 뭐요. 어쩌다 내가 요가를 배우는 곳에 수강 신청을 하더니 탈의실에서 기저귀 찬 내 모습을 보고는……."

"아!"

봉철기의 말에 정 비서관이 고개를 들었다. 요실금 소문의 진원지를 알게 되는 순간이었다.

"잠깐만 기다리시오. 아까 차 들어오는 걸 봤으니 지금 거기 있을 거라오."

봉철기는 그길로 요가 교실로 달려갔다. 천만호는 똥배 푸짐한 몸으로 용을 쓰고 있었다. 옆자리에 앉아 눈인사를 던졌다. 천만호는 냉소로 화답했다.

'오줌이나 줄줄 흘리는 주제에 재수 없게.'

표정 속에 담긴 언어이다.

그 냉소는 오래가지 못했다. 요가가 끝난 탈의실이다. 콧노래를 흥얼거리며 들어선 봉철기는 천만호에게 보란 듯이 요가복 하의를 내렸다.

"……?"

외면하던 천만호의 눈이 봉철기에게 향했다. 봉철기의 사타구니, 거기 푸짐하게 둘러져 있어야 할 기저귀가 없지 않은가? 대신 눈에 들어온 건 탱탱한 봉철기의 고추였다. 무려 30대의 위용이다.

"천 의원."

봉천기가 다가섰다. 그런 다음 가여운 시선으로 천만호의 사타구니를 바라보았다. 그의 물건은 바람 빠진 풍선과 다르지 않았다.

"전에 뭐라고 중얼거렸소? 차고 다닐 게 없어서 애 기저귀를 차고 다니냐고?"

"……."

"그러는 천 의원은 필요도 없는 물건을 뭐 하러 달고 다니오? 그냥 뚝 떼어놓고 편하게 다니지."

그 말을 남기고 샤워대로 향했다. 물을 틀어 물건부터 닦았다. 그대로 돌아서 한마디 더 해주었다.

"천 의원은 좋겠소? 닦을 게 없으니 샤워도 금세 끝날 테고."

　　　　*　　　　*　　　　*

"하하핫!"

다시 봉철기의 집. 봉철기의 테러(?) 소식을 들은 윤도와 비
서관들이 배를 잡고 웃었다.

"다시 한번 고맙소이다. 내 십 년 묵은 체증이 확 내려갔어
요."

봉철기가 거듭 말했다.

고질병의 회복은 바로 행복이다. 윤도는 또 하나 공부했다.
세상에서 가장 행복한 것. 그건 돈도 명예도 권력도 아니고
건강이다. 돈과 명예는 회복할 수 있지만 건강을 잃으면 모든
것이 끝난다.

명심하세요.

건강이 최고!

그 말을 남기고 왕진을 완료했다.

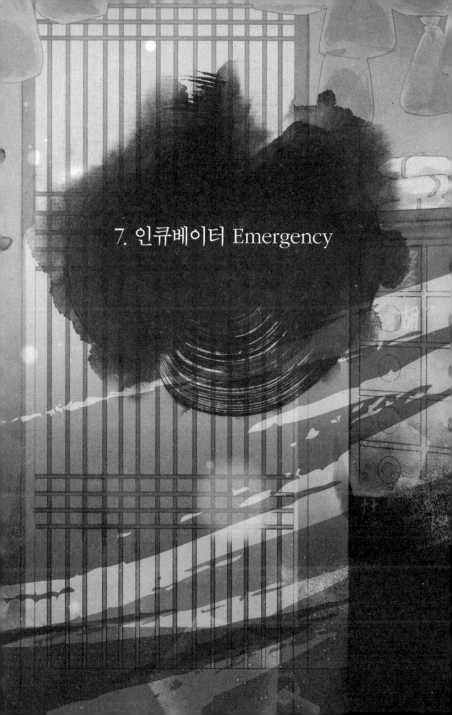

7. 인큐베이터 Emergency

며칠 후, 정부는 외교부 장관 인선을 단행했다. 내정자는 봉철기였다. 야당과 시민 단체는 여러 제보를 토대로 인선 철회를 요구했다. 미등기 전매부터 업무 과실에 대한 딴죽이었다. 당연히 '요실금'에 대한 우려와 태클도 나왔다.

〈기저귀 차는 장관이 외교 기동력이 있을까?〉
〈현 정부 인사 시스템의 한계〉

자극적인 기사들이 쏟아졌다. 그러나 그런 태클은 오래가지 못했다. 청문회장이었다. 봉철기는 미확인(?) 건강 이상설에 대해 정면 승부로 받아쳤다. 바로 채윤도가 발행한 진단서였다.

　요실금을 비롯하여 비뇨기 일체의 건강에 문제가 없음을 증명함.

　봉철기가 건강진단서 원본을 공개하자 꼬투리를 잡아 흔들던 야당 의원들은 진퇴양난에 빠졌다. 진단서 발행자는 채윤도. 국민적 신망이 높은 한의사였으니 이론의 여지가 없었다.
　그때까지 '아니면 말고'에 동조하던 일부 언론이 변심했다. 반전을 이룬 여론이 야당의 딴죽 걸기를 성토하고 나섰다. 봉철기는 허튼 소문을 퍼뜨린 야당 의원에 대해 정식 사과를 요구하고 나섰다. 직을 걸라는 딜까지 내놓았으니 그의 승부사기질을 엿볼 수 있는 배팅이었다.
　인사청문회가 정회하는 시간, 윤도의 전화기가 울렸다. 시침을 마치고 손을 씻던 윤도가 전화를 받았다.
　"어? 정 총재님?"
　윤도가 목소리를 가다듬었다. 야당의 전임 총재 정광패였다. 명마 윈디안과 의약품 처방권으로 인연을 맺은⋯⋯.
　―바쁘시죠, 채 선생님?

"예, 그런데 어쩐 일로……."

─여기 국회의사당이에요. 우리 당 의원들이 지금 채 선생님 때문에 곤혹을 치르고 있네요.

"저 때문이라고요?"

─봉철기 씨라고 아세요? 이번에 외교부 장관에 인선된 사람인데…….

"압니다."

─우리 당 의원 말이 이 양반이 수술하지 못하는 요실금인 게 확실하다고 해요. 자기가 가까운 곳에 살아서 직접 목격하기도 했다고 하거든요. 사실 외교부 장관이면 대통령 유고 시에 직무 대행 순번도 빠른 사람인데 기동력 문제도 있고 해서 임명 반대를 하고 있는데 채 선생님이 발행한 진단서를 들고 왔어요.

진단서.

정광패의 용건을 알 것 같았다.

"그 진단서는 이상이 없습니다."

윤도가 잘라 말했다.

─허어, 채 선생님이 그렇다면 그런 건데… 알겠습니다.

정광패가 전화를 끊었다.

그 말은 즉시 천만호 의원에게 전달되었다. 꼬리를 내린 천만호는 봉철기를 찾아가 사과의 뜻을 전했다. 봉철기는 그 사과를 접수해 주었다. 이어 속개된 청문회는 일사천리로 진행되었다.

청와대에서 정 비서관의 보고를 받은 대통령이 고개를 끄덕거렸다.

"잘 진행되고 있다?"

"그렇습니다. 초반에는 분위기가 좋지 않았는데 채윤도 선생의 진단서 한 장으로 분위기가 반전되었다고 합니다."

"하긴 채 명의가 발행한 진단에 이의를 달 사람이 누가 있을까?"

"이제 남북 관계 진전을 기대해도 될 것 같습니다."

"채윤도가 명의는 명의로군. 진짜 명의는 나라를 구한다더니……."

대통령은 비로소 한시름을 놓았다.

그날 오후, 봉철기가 일침한의원을 방문했다. 인사에 정기 진료를 겸한 것이었다. 윤도는 미리 준비한 꽃다발을 들고 그를 맞았다.

"청문회 통과를 축하드립니다."

윤도가 꽃을 내밀었다.

"어익후, 꽃은 제가 드려야 하는데……."

"별말씀을. 몸은 어떻습니까?"

"날아갈 것 같습니다. 실은 오늘 아침에……"

봉철기가 윤도의 귀에 대고 속삭였다. 오랜만에 사모님과 사랑을 나누었다는 귀띔이다.

"뭐예요? 나 흉보는 거 아니죠?"

사모님의 눈 흘김에는 애정이 어려 있었다.

"어허, 나 이제 백수 아닙니다. 너무 닦아세우지 마세요."

봉철기가 힘주어 말했다. 출근하는 남자. 그것만큼 낯이 설일이 또 있을까? 침구실에서 시침을 했다. 요실금은 잘 조절되고 있었다. 방광과 신장, 폐의 기혈은 나름 조화로웠다. 그 위에 생기를 살짝 보태주었다. 남북의 평화 정착을 위해 큰일을 해달라는 바람이다.

봉철기는 그림 한 점을 선물로 내놓았다.

"중국의 화성(畵聖)으로 불리는 오도자의 작품입니다. 주중 대사 잘리고 명산을 여행할 때 중국 지인이 준 것인데, 신라 때 솔거의 노송도 이상으로 신통력을 가지고 있다고 하더군요. 채 선생의 신통스러운 장침에 더해 더 많은 병자들에게 희망을 주었으면 합니다."

그림은 너무나 고풍스러웠다.

"이렇게 귀한 걸 제가 어찌 받겠습니까? 장관님이 보관하시면서 신통력을 받아 큰일을 하시기 바랍니다."

"이미 내놓은 걸 가져갈 수는 없고 채 선생님도 못 받겠다고 하면 이렇게 하면 어떨까요? 제 집사람이 보시다시피 등이 좀 굽어 고민이 많습니다. 이제 외교부를 맡으면 각국 장관들 행사에 부부 동반도 많은데 조금이라도 치료가 된다면 그것으로 갈음해 주시면……"

봉철기의 아내, 그러고 보니 등이 많이 굽었다. 지난번 자택에서는 긴장해서 그런 줄 알았다. 봉철기의 말에 일리가 있어 시침에 나섰다.

아내는 3관 기혈의 부조화였다. 3관은 무엇일까? 사람의 등에는 모두 세 개의 관문이 있다.

뒷머리 꼭지의 옥침관.

등 가운데서 양쪽으로 있는 옥로관.

꼬리뼈 부위의 미려관.

이 세 관문은 양기와 음기가 위아래로 순환하도록 돕는다. 그렇기에 등이 곧지 않으면 몸의 기혈 순환이 원활치 못한 법. 세 관을 바로잡으니 아내의 얼굴에도 복숭앗빛 혈색이 돌았다.

봉철기와 그 아내.

대한민국 외교를 대표하는 데 손색이 없는 자태로 거듭나는 날이었다.

빠라빠라빵!

정 비서관에게 전화가 왔다. 그도 답례 인사였다. 통화가 끝나자 또 전화가 들어왔다. 이번에는 SS병원의 이창승이었다.

—채 원장, 시간 좀 있어?

다짜고짜 시간을 물어왔다.

"어, 혹시 우리 돌산도 환자 건입니까?"

윤도가 물었다. SS병원 쪽의 무료 성형 이벤트가 끝났나 싶었다.

—그분은 기본 검사를 마치고 갔고 수술은 3주 후로 잡혔어. 오늘은 그게 아니고 응급환자가 있어서…….

"응급이라고요?"

—아, 이거 내가 중간에 낄 일은 아닌데, 이쪽 과 수련의랑 친하다 보니 내 등을 미네.

"말씀해 보세요."

—NICU 알지?

"신생아중환자실이요?"

—맞아. 여기서 트러블이 생겼는데… 아, 이거… 아무튼 채 선생이 좀 도와줄 수 있어? 25주 780g으로 나온 아이인데 굉장히 위독해.

"780g이요?"

—자세한 건 나중에 설명해 줄게. 시간 되는 대로 좀 와줄

수 없을까?

"알겠습니다."

윤도가 전화를 끊었다. 스케줄을 보니 예약 환자 둘이 남아 있었다. 침구실에 누웠으므로 서둘러 장침을 넣었다.

780g의 미숙아.

이때까지만 해도 크게 걱정하지 않았다. 전에는 미숙아 사망률이 굉장히 높았지만 이제는 상황이 바뀐 탓이다. 웬만하면 살린다. 다만 입원비 부담이 여전할 뿐.

부릉!

시침을 마치고 스포츠카에 시동을 걸었다. 다시 창승의 전화가 들어왔다.

─채 선생, 어디야?

"지금 출발하려고요."

─아, 어떡하지? 주치의 말로는 곧 사망할 거 같다는데.

"……!"

곧 사망?

그 말을 들은 윤도는 저도 모르게 가속 페달을 밟았다.

"채 선생."

SS병원 현관 앞에 있던 이창승이 윤도를 맞았다. 옆에 여자 수련의 한 사람이 보였다. 미숙아의 주치의를 맡고 있는 닥터 민. 도드라진 가슴에 키가 훤칠하고 마스크까지 시원한 미녀였다.

"어떻게 된 겁니까?"

차에서 내린 윤도가 물었다.

"상황이 급하니 일단 환자부터 보시죠."

닥터 민이 말했다. 윤도가 그 뒤를 따랐다. NICU 앞에는 보호자가 많았다. 윤도가 가까워지자 30대의 부부가 닥터 민에게 다가왔다.

"잠깐만요."

닥터 민이 부부를 막았다. 창승 역시 NICU를 가리켰다. 윤도는 닥터 민을 따라 안으로 들어섰다. 손부터 씻었다. 박박 씻었다. 시선에 인큐베이터가 들어왔다. 많았다. 그중에서도 A셀이었다. A셀은 생사를 다투는 위독한 아기들이 있는 곳이다. 이곳 환자들은 인큐베이터 밖으로 꺼내는 것조차 쉽지 않은 게 일반적이다.

자박자박!

발소리를 죽이며 걸었다. 처음 보는 풍경은 아니지만 NICU는 왠지 다른 병실보다도 더 조심스러웠다. 아기들은 주먹 한두 개 크기에 불과했다. 눈은 모두 안대로 가려져 있고 몸에는 주렁주렁 많은 줄을 달고 있었다.

아기들은 저마다 사투를 벌이고 있었다. 24시간 심전도 체크에 인공호흡기는 필수, 한 번에 먹는 음식 섭취량도 0.5에서 1.0cc에 불과했다. 그러니까 여기가 바로 미숙아들 생사의 갈림길이었다. 여기서 호전되면 B셀로 간다. 거기서 또 호전을 이루면 C셀이다. 그다음에야 비로소 따사로운 엄마의 품이다.

"이 아기입니다."

닥터 민이 인큐베이터 앞에 멈췄다. 환자를 보기도 전에 참담한 기분이 들었다. 너무 많이 연결된 라인 때문이다. 어머니의 자궁, 그 안에도 많은 생명선이 연결되어 있다. 어쩌면 저 라인보다 더 많을 수도 있다. 하지만 그 라인은 안락하다. 인공으로 달린 병원의 줄과는 차원이 다른 것이다.

"……!"

윤도는 순간 눈을 의심했다. 아기 머리가 두 개인 줄 알았다. 머리에 하나, 다리 사이에 하나. 자세히 보니 다리 사이에 있는 건 머리가 아니었다. 고환이 무지막지하게 부어올라 있었다.

"보시다시피 미숙아 중에서도 상황이 나쁜 편입니다. 780g으로 나왔거든요."

780g.

숫자가 머리 안에서 아련한 울림을 냈다.

"그래도 출생할 때 울음소리를 냈고 뇌 초음파와 기타 검사에 큰 이상이 없어서 회복을 기대하던 아이입니다. 문제는

2주일쯤 후부터 고환에 부종이 오면서 탈장을 의심하게 되었는데……."

설명하던 닥터 민의 목소리가 살짝 불안해졌다.

이 닥터, 마음이 여린가?

한의사나 의사들은 인정사정없다고 하는 환자들이 많지만 다 그런 건 아니었다. 오히려 상당수는 감성적이다. 지금 이 닥터 민처럼.

"진단 결과 서혜부 탈장 판정이 났어요. 하지만 미숙아들은 원래 탈장 케이스가 많거든요. 큰 문제가 아니면 몸무게가 늘어난 후에 간단한 수술로 끝날 일이라 좀 더 지켜보기로 했지요."

"……."

"그 중간에 아기가 힘들어하는 거 같아 진통제 용량을 좀 늘렸어요. 담당 교수님이랑 이학적 검사 후에 탈장을 밀어 올렸고요. 그때까지는 문제가 없는 것 같았는데 이틀 후에 장에 문제가 생겼어요. 장천공이 의심되어 급하게 소아외과랑 수술 일정 잡아서 수술을 했지요. 인큐베이터 뚜껑을 열고 몇 시간가량 진행했는데 복부에 이미 대변이 많이 나와 있었고 고환에도 흘러들어 닦아내는 데 시간이 좀 걸렸어요. 그런 다음 장루에 탈장 수술, 개복하여 천공된 장을 봉합하는 수술까지 무난하게 끝났습니다."

"……."

"그로부터 삼 일 후에 상태가 악화되기 시작했어요. 급성신부전이 오면서 온몸에 부종이 오기 시작한 겁니다. 스태프들이 모여 숙의하던 중 투석기를 돌리자는 제안이 나왔는데 우선은 아기가 너무 미숙한 데다 설상가상으로 카테터가 들어갈 혈관도 확보하기 어려워 진행하지 못했습니다. 중심 정맥관을 잡아 목에 카테터를 꼽을까도 했지만 그 과정에서 아기가 사망할 수도 있기에……."

"……."

"게다가 우리 교수님 방침도 2㎏ 미만의 미숙아들에게는 신장 투석기를 돌리지 않거든요. 자칫하면 급사할 가능성이 높기 때문이지요."

설명하는 닥터 민의 안면 근육이 계속 떨렸다. 이해했다. 주치의라지만 그래봤자 수련의. 담당 교수의 메신저 역할이나 하는 것이니 마음만 아플 수도 있었다.

"담당 교수님은요?"

"아까 보호자들에게 설명하고 퇴근하셨습니다."

"설명이라면?"

"포기하라는 말씀이죠, 뭐."

'포기?'

"숨이 붙어 있을 때 한 번 안아보라는 배려였어요. 교수님도 마음 아파하고 계십니다."

"제가 온다는 건 이야기가 된 건가요?"

"말씀은 드렸습니다."

"일단 맥을 한번 보겠습니다."

"아니다 싶으면 그냥 가셔도 괜찮습니다. 보호자에게도 말하지 않았거든요."

"아직은 숨이 붙어 있잖습니까? 기왕 왔는데 그냥 돌아서는 것도 의료인의 자세가 아니겠죠."

"하지만 보시다시피……."

닥터 민이 라인을 바라보았다. 20여 개에 달할 정도로 주렁주렁 달린 라인. 허망해 보였다. 저렇게 감아쥐고도 이 어린 생명을 붙잡지 못하다니.

인큐베이터 안의 아기를 바라보았다. 얼굴은 흑색으로 변하고 있었다.

"……!"

한 번 더 황망했다. 아기는 옷을 벗고 있지만 맥을 잡을 데가 없었다. 손과 발, 심지어는 목에도 라인이 연결된 까닭이다. 왼손의 검지를 들었다. 영아기의 아이들은 손가락으로도 맥을 볼 수 있었다. 하지만 그 또한 손가락이 너무 작아 실핏줄이 제대로 서지 않았다.

'준서야, 진맥 좀 볼게.'

인사로 진맥을 알렸다. 이름은 인큐베이터에 있었다. 가는 호침을 양 손목에 넣었다. 검지와 중지, 약지를 번갈아 짚어가며 아기의 맥을 찾았다.

불편했다.

연결된 라인과 의료 기기. 그 간섭이 너무 큰 까닭이다. 눈을 감았다. 목숨이 있다면 맥도 있는 법. 어떻게든 읽어내는 건 한의사의 몫이었다. 두 번, 세 번, 네 번, 수차례 집중한 끝에 아기의 맥을 찾아냈다. 실낱같지만 어지러웠다. 맥은 맥이되 맥이 아니었다.

눈을 뜨자 아기 고환부터 보였다. 얼굴만큼 부은 상태였다. 눈에 보이지는 않지만 아기의 신장도 참혹했다. 삼초도, 명문도, 나아가 폐와 간도.

목숨의 시간은 길어야 두 시간.

담당 교수의 배려로 부모와 작별까지 마친 아기.

생각이 많아졌지만 한 가지만 생각하기로 했다.

아직은 살아 있다는 것.

그렇다면 살리려고 노력해야 하는 건 모든 의료인의 숭고한 사명이다.

"민 선생님."

진단을 마친 윤도가 고개를 들었다.

"예?"

"보호자를 좀 만나게 해주시죠."

"왜요?"

닥터 민의 눈동자가 출렁거렸다. 개의치 않고 신념대로 밀어붙였다.

"이 아기, 살릴 확률이 1할은 됩니다."

"1할이라고요?"

닥터 민의 미간이 구겨졌다. 그걸 본 윤도가 설명을 바꾸었다.

"아니, 10%로군요. 무려 10%."

10이라는 숫자에 윤도의 힘이 실렸다.

"우리 아기 살려주세요!"

상담실에서 만난 준서 부모는 두 손부터 모았다. 명의에 신의로 불리는 채윤도. 주저하고 말고 할 것도 없었다.

"담당 교수님은 늘 장애부터 거론하시던데 어떻게 되든 상관없어요. 어떤 장애를 갖게 되더라도 좋으니 살려만 주세요. 우리는 준서를 키울 준비가 되어 있어요."

부부의 눈에 피눈물이 맺혔다. 그들은 과연 어머니, 아버지가 될 자격이 있었다.

"그럼 여기 동의서에 사인해 주세요."

닥터 민이 서류를 내밀었다. 병원의 요식 행위는 보호자들의 억장을 무너뜨린다. 하지만 병원으로서는 빼놓을 수도 없는 절차였다.

"선생님!"

먼저 나온 윤도를 부부가 따라 나왔다.

"이거요. 저희 어머니가 저 마시고 힘내라고 주신 건데 선생님이 드시고 우리 준서 좀 부탁해요."

준서 어머니가 내민 건 홍삼 추출액이었다.

"저는 괜찮습니다. 그러니 두 분이 마시고……."

"아니에요. 더 좋은 거 못 드려서 죄송해요."

어머니가 모서리를 잘랐다. 별수 없이 받아 마셨다.

"이렇게 와주셔서 고마워요. 설령 나쁜 결과가 나온다고 해도 선생님 원망은 않을 겁니다. 그러니 잘 부탁드립니다."

부부가 다시 허리를 접었다. 그걸 두고 돌아섰다. 감격만으로 살릴 수 있는 아이가 아니었다.

A셀 인큐베이터 앞에 앉았다. 준서의 상황은 더 나빠져 있었다. 지금 이 순간 숨이 넘어간대도 하나도 이상할 것 없는 아이. 장루와 소변 주머니가 눈에 들어왔다. 장루는 비었고 소변 주머니에는 초콜릿색 오줌이 소량 나와 있다.

부푼 고환과 비교하면 허망한 풍경이다. 윤도가 할 일은 저걸 반대로 바꾸는 일이었다. 아이가 살려면 장루로 변이 나와야 한다. 초콜릿 색깔 소변도 밀짚 색으로 바뀌어야 한다. 그건 곧 아기의 장이 장운동을 하기 시작했다는 증거가 된다.

아울러 고환의 부종 제거는 말할 필요도 없었다.

NICU 간호사 교대 시간이 되었다. 인수인계로 인해 병실이 잠시 소란스러웠다. 마음을 다잡은 윤도의 두 손이 인큐베이터의 양쪽 문으로 나뉘어 들어갔다.

첫 침은 곡지혈에 호침이었다. 미숙아인 데다 최악의 상황. 그렇기에 침의 부작용부터 방지하는 예방 침법으로 조심했다. 침을 넣는 순간에도 아기의 데이터는 더 다운되었다. 본격 침술을 위해 곡지혈에 넣은 침을 발침했다.

그런데 침이 뽑히지 않았다.

'응?'

작디작은 몸체의 미숙아 준서. 어찌 보면 침 넣을 곳도 없기에 호침을 넣었건만 이조차 이상 반응이다. 응급조치로 곡지혈 주변에 호침 두 개를 더 넣었다. 그래도 효과가 없었다. 오히려 고민만 늘어난 꼴이 되었다.

'후우!'

호흡을 골랐다. 아기도 문제지만 윤도의 문제일 수도 있었다. 윤도는 침의 기본을 되뇌었다.

심불잡의―마음을 비워 잡념을 없애고.

지신좌정―몸가짐을 바로하고.

다시 침을 꺼내 들었다. 양릉천혈을 찔렀다. 침이 안 빠질 때의 응급혈이다. 이 혈자리도 통하지 않았다. 당황하지 않고 양릉천에 들어간 침 끝을 잡았다. 맥으로 안 될 때는 혈자리로 상태를 봐야 한다.

"……!"

상태를 파악하던 윤도의 등골이 오싹해 왔다. 이 아기, 맥이 발딱 뒤집혀 있었다. 음맥이 양맥으로 흐르고 양맥이 음맥으로 흐르는 것이다. 아니, 그것도 완전히 뒤집힌 건 아니었다. 때로는 정상으로, 또 때로는 엇갈려 흘렀다. 그야말로 카오스의 기혈. 4 대 기혈이니 8 대 기혈이니 하는 것보다 더 힘들 혈자리였다.

'젠장!'

침통을 다 꺼내놓았다. 이제는 사생결단의 혈투로 나갈 수밖에 없었다.

"민 선생님."

옆에 있는 닥터 민을 불렀다.

"예?"

"인큐베이터 문 좀 열어야겠습니다."

"예?"

"부탁합니다."

윤도가 청했다. 이 상태로는 기동력을 발휘할 수 없었다. 그렇다고 어차피 죽을 목숨이니 윤도 편하자고 그런 건 아니었다. 인큐베이터의 뚜껑을 열고 수술을 받는 경우도 많았다.

간호사가 달려와 문을 개방했다. 손놀림이 훨씬 쉬워졌다.

서둘러 관원혈을 잡았다. 임맥에서도 으뜸으로 꼽히는 혈자리다. 다음 침은 수구혈이었다. 수구혈은 독맥에 속한다. 이혈자리는 모든 구멍을 잘 열어주는 명혈로 꼽힌다. 두 혈에서 음양의 안정을 시도했다. 몇 곳 더 찌르고도 싶었지만 상황이 좋지 않았다.

침감이 먹히지 않았다. 돌려도 돌지 않고 움직여도 흔들리지 않았다. 너무나 연약한 존재이기에 여러 시도도 할 수 없는 상황. 관월혈을 놓고 수구혈에 집중했다. 윤도는 과거의 영광에 매달리지 않았다. 죽은 사람을 살리고 불치를 고치는 등의 화려한 수사는 도움이 되지 않았다. 윤도는 그저 이 순간에 살았다.

'돌아라.'

화침을 넣었다. 침은 흡사 콘크리트 속에서 굳은 듯 움직이지 않았다. 억지로 돌릴 수야 있지만 그건 카오스에 기름을 붓는 격. 자칫 무리한 침감이 들어가면 즉사로 이어질 일이다. 윤도와 준서, 그 둘을 이어놓은 호침은 마치 절벽에 매달린 아이를 머리카락 하나로 이어놓은 듯 위태로웠다. 무리한 힘을 가하면 추락할 일이오, 끌어 올리지 못해도 죽을 일이었다.

준서야.

윤도가 속삭였다.

포기하면 안 돼.

밖에 네 엄마, 아빠가 계셔.

네가 살아나기만 하면 뭐든 다 해줄 엄마, 아빠.

여기까지 잘 버텼는데 이제 포기하면 슬프지 않겠니?

속삭이는 중에도 음양의 교체는 미친 듯 목숨 줄기를 오갔다. 바로 그때, 윤도의 망막에 지진이 일었다. 어떤 순간을 포착한 것이다. 음양이 교차하는 그 순간이었다. 너무나 불규칙해서 언제 돌아올지 모르는 순간. 숨을 참은 채 다시 그 순간을 기다렸다. 얼마나 지났을까? 손에 마비라도 올 것 같은 순간에 마침내 교차의 신호가 왔다. 윤도의 손이 재빨리 침을 감았다.

'돌았다.'

윤도의 얼굴에 희망이 스쳐 갔다. 전광석화처럼 감았던 침을 풀었다.

푸슛!

사기가 미량 끌려나오는 게 느껴졌다. 하지만 침은 다시 움직이지 않았다.

"선생님."

닥터 민이 주의를 환기시켰다. 준서의 목숨이 한 올씩 꺼지고 있었다. 윤도는 듣지 못했다. 모든 신경이 준서의 음양 교체 타이밍에 맞춰진 까닭이다. 윤도는 또 한 번의 기회를 갖게 되었다.

파앗!

미친 듯이 침을 감았다. 조금 전의 경험 때문인지 제대로 감겼다. 그 상태로 아기 몸에 꽂힌 침들을 바라보았다. 곡지혈과 관월혈, 그리고 양릉천혈……

'부디……'

소망과 함께 침감을 풀었다.

'웃.'

윤도의 눈에 생기가 들어왔다. 아기 몸에 들어간 호침들이 반응을 보인 것이다. 양릉천의 침을 잡으니 움직였다.

'빙고!'

침감이 먹히는 걸 확인하자 조치에 들어갔다. 관월과 수구를 조절해 임맥과 독맥을 다그쳤다. 음양이 뒤집히고서야 침발이 받을 리 없었다. 음은 음으로, 양은 양으로 본래의 자리에 밀어 넣고 안정화시켰다. 그걸 확인한 후에야 관월과 수구혈의 침을 뽑았다.

"선생님, 이제 그만하시는 게……."

닥터 민은 청진기를 꺼내 들고 있었다. 그가 보기에 준서는 사망했다.

"죄송합니다만 제 치료는 이제부터 시작입니다."

Shut the mouth.

돌아보는 윤도의 표정은 딱 그랬다. 윤도의 손에 맡겨진 한 포기 또한 윤도의 몫. 닥터 민을 바라보는 윤도의 눈은 그걸 주지시키고 있었다.

장침이 출격했다.

길이에 놀란 닥터 민이 기겁하며 물러섰다. 그렇잖아도 긴 장침, 미숙아에 비하니 절반 가까운 길이가 되었다. 신주혈과 명문혈에 넣었다. 둘 다 독맥혈이었다. 이제는 양맥으로서의 느낌이 제대로 왔다.

'신주와 명문.'

어린이의 명혈이다. 준서의 경우에는 폐와 간, 탈장과 장천공, 신부전 등의 병명이 이어지지만 두 혈만으로 승부를 낼 참이다. 침감을 부드럽게 조였다. 원기로서의 정(精)을 자극했다. 준서의 정은 통곡처럼 흩어지고 있었다. 침감으로 그 추락을 잡았다.

명문혈 역시 지원군으로 나섰다. 신장 곳곳에 흩어진 정을 모으고 또 모았다. 그것은 마치 다 삭은 잿더미를 합쳐 불씨를 만드는 일과도 같았다. 준서는 현대 의학에선 이미 사망이었다. 이따금 곁눈질을 하던 담당 간호사도 고개를 저었다. 그들이 보기에 윤도의 진료는 시간 낭비이자 망자에 대한 결례

일 뿐이었다. 그사이에 담당 교수도 들어왔다. 그의 입가에는 냉소마저 맺혔다.

네가 명의?

명의면 다 되는 줄 알아?

냉소가 저 홀로 속삭였다.

윤도의 진단은 달랐다. 준서는 아직 요단강을 건너지 않았다. 침감이 그랬다. 맥을 잡는다면 신장 경락의 태계혈에 맥이 남아 있을 것이다.

불 꺼진 신장을 얼마나 보살폈을까? 허무한 그 자리에 얼마나 기를 채워 넣었을까? 침감을 더하는 윤도의 손마디에서 증기까지 피어올랐다.

거기까지였다. 혼신의 힘으로 온기를 만들었지만 신장에는 불이 들어오지 않았다.

'마지막 승부수.'

윤도의 시선이 간으로 옮겨갔다. 성인이라면 신장을 Off 시켰다가 On 해보는 초강수라도 둬볼 판. 하지만 미숙아이니 그조차 시도할 수 없었다. 윤도가 택한 마지막 승부는 간접 활성이었다. 간은 심장에 힘이 될 수 있다. 심장은 비장에 그렇다. 비장은 폐를 돕고 폐는 신장을 돕는 법. 오행의 활성을 몰아 마지막 시도를 하는 윤도였다.

신주와 명문혈의 기를 간으로 돌렸다. 간의 기가 최대치에

이르자 심장으로 보냈다. 심장에서 비장, 비장에서 폐. 폐에
모아진 마지막 진기가 신장으로 집중되었다. 동시에 신주혈과
명문혈의 침감 역시 신장을 향해 퍼부었다.

제발…….

윤도의 혼신은 오직 한 단어를 품고 날아갔다. 오장의 진기
와 침의 기가 신장으로 들어갔다. 허무한 잿더미에 녹아들었
다. 잿더미는 슬쩍 부유하더니 속절없이 내려앉았다. 그 기세
가 허무했다.

'틀렸군.'

윤도의 손에서 힘이 쭉 빠져나갔다. 침이라도 빼줘야겠어.
침조차 무거울 테니. 마음이 손가락으로 옮겨갔다. 그렇게 발
침을 하려는 순간이다. 손끝으로 아련한 반응이 전해왔다.

'응?'

발침을 멈추고 집중했다. 착각이 아니었다. 신장에 온기가
들어선 것이다.

'해냈다!'

윤도는 저도 몰래 왼 주먹을 불끈 쥐었다.

"이제 그만하시는 게……."

닥터 민이 윤도의 어깨를 두드렸다.

"미안하지만 지금부터입니다."

윤도의 손이 다시 바빠지기 시작했다. 신주혈과 명문혈에

활력이 보였다. 서광은 선천 원기를 관장하는 오른쪽 신장부터 휘돌기 시작했다. 뒤를 이어 왼쪽 신장에도 생기가 돌았다. 왼쪽은 몸의 수분을 조절하는 곳. 그사이에 고환의 크기도 살짝 줄어 있었다.

"바이탈 사인이 돌아와요!"

간호사가 소리쳤다.

"뇌파도 돌아와요!"

소리가 이어졌다.

"맙소사, 유린(Urine) 좀 보세요!"

간호사의 비명이 이어졌다.

윤도는 아무것도 보지 않았다. 바이탈 사인과 소변이 중요한 게 아니었다. 피어난 신장의 불씨를 살려 오장을 깨워야 하는 것이다. 신주와 명문혈이 침발을 받기 시작했다. 신장의 회복. 그것은 곧 생명의 원천을 확보했다는 뜻이다. 그렇다면 이제 겁날 게 없었다.

담당 교수의 눈자위가 구겨졌다. 그는 연신 고개를 갸웃거렸다.

윤도는 침감을 조절했다. 신들린 모습이 거기에 있었다. 뒤쪽이 시끌벅적하지만 개의치 않았다. 오직 신장에의 집중, 그리고 또 집중. 마침내 오장을 돌볼 만한 수준이 되었다 싶을 때 신주와 명문혈의 방향을 병소 쪽으로 돌렸다. 이제는 아기

내부의 질병에 대한 반격이다. 99.9% 아기의 목숨을 장악한 질병과 통증들이 혼비백산했다.

금식으로 인해 악화되었던 간 기능이 자리를 잡았다. 가냘 프던 폐 기능도 회복되었다. 부종까지 잡히자 증거가 소변으로 나왔다. 소변이 밀짚 색으로 변한 것이다. 독소를 몰아내는 축빈혈도, 몸속 잉여물을 정리하는 합곡혈과 삼음교혈도 필요 없었다. 태어난 지 한 달밖에 안 되는 미숙아. 신주혈과 명문혈이면 되었다. 신주와 명문, 윤도의 신침으로 몰아치는 생명의 귀환은 가히 신묘함의 절정이었다.

"세상에!"

간호사의 비명이 쉴 새 없이 이어졌다. 이번에는 고환이었다. 다른 장기는 내부에 있어 보이지 않지만 고환은 달랐다. 마치 야구공을 넣어둔 듯 부풀어 있던 크기가 줄어든 것이다. 마무리는 장루였다. 허전하게 비어 있던 그곳에도 손님이 찾아왔다. 배변을 본 것이다. 장은 장기 중에서도 마지막으로 기능이 돌아오는 곳. 변이 나왔다는 건 장도 제자리를 찾았다는 뜻이다.

"악!"

멸균복을 입고 들어온 부부가 비명을 질렀다. 거의 포기한 아기였다. 의료진이 마지막으로 한 번 안아보기나 하라고 한 아기였다. 시뻘겋다 못해 거무튀튀하던 아기. 머리보다 크게 부푼 고환에 장천공까지 있어 보는 것조차 고통스럽던 아기.
그 아기가 제 모습을 찾아가고 있었다.

인큐베이터 안의 혈투.

윤도의 승이었다.

"제가 말씀드렸죠? 아기가 한 이틀만 참아주면 회복될 수도 있다고 했는데 그대로 된 것……?"

공치사를 늘어놓는 담당 교수 지명세. 부부는 그를 지나쳐 윤도에게 향했다.

"선생님."

"축하합니다."

해쓱해진 윤도가 웃었다.

"고맙습니다. 선생님이 아니었으면……."

"아닙니다. 준서는 부모님의 사랑과 집념이 살린 겁니다."

"그런 말 마세요. 여기 의료진은 포기한 아기인데……."

"굉장히 어려운 상태인 건 사실이었습니다. 하늘이 돌본 거죠. 나중에 침을 몇 번 더 맞으면 괜찮아질 거 같습니다."

"선생님."

눈물을 뿌리는 부부를 달래고 병실을 나왔다.

"채 선생."

창승이 다가왔다.

"어떻게 됐어?"

"살았습니다."

"으악! 정말?"

"안 되나 싶었는데 아기가 잘 버텨줬어요."

"역시 채윤도. 내가 그럴 줄 알았다니까."

"미안하지만 제가 화장실에 좀……."

윤도가 웃었다. 긴장이 풀리니 방광이 아우성을 치고 있었다. 화장실에서 강물처럼 들어찬 소변을 비워냈다. 복도로 나오니 주치의실이 보였다. 인사나 하고 가려고 들어섰다. 안쪽 탈의실에서 대화 소리가 들려왔다.

'나중에 와야겠군.'

발길을 돌릴 때 대화 소리가 걸음을 세웠다.

"좋은 경험이 된 거야. 다음부터는 미숙아들 탈장 밀어 올릴 때 조심하라고."

"네."

앞의 말은 지 교수 것이었고, 뒤의 대답은 민 선생 것이었다.

"그래도 다행으로 알라고. 다른 수련의 같으면 내가 수습 안 해줬어."

"……."

"오늘 나이트 비번이지? 이 건 시원하게 떨쳐 버릴 겸 나가서 같이 한잔 하자고. 오늘 설마 그날은 아니지?"

담당 교수가 민 선생의 어깨를 짚었다. 민 선생은 몸을 빼지만 교수의 손은 떨어지지 않았다. 그 손이 민 선생을 당겨 안았다. 등을 토닥이는 교수의 눈에는 욕정이 이글거렸다.

어라, 이것들?

이제 보니 의료 과실?

이제 보니 그렇고 그런 사이?

윤도의 피가 폭풍처럼 끓어올랐다.

사건이 대략 파악되었다. 닥터 민의 표정. 그래서 어두웠던 모양이다. 윤도가 생각한 것처럼 환자에 대한 연민에서 나온 감성이 아니었다.

퍼킹!

핏대 게이지가 확 올라갔다.

더 나쁜 건 담당 교수로 보였다. 탈장의 문제였다면 그가 직접 체크하는 게 옳았다. 그걸 무시하고 주치의를 내세웠다. 미숙한 탓에 사고가 났다. 그러다 문제가 생기니 질책이나 책임 대신 다른 카드를 꺼내 들었다.

네 잘못이니 네가 무마해라. 그럼 나도 모른 척해주마. 다만 한 가지, 담당 교수의 시선이 민 선생의 몸매를 더듬었다.

거래.

우월적 지위를 내세운 불손한 카드였다. 미투(Me too)의 기원(基源)이다.

담당 교수가 복도로 나왔다. 휘파람을 불며 멀어졌다. 닥터 민은 잠시 후에 보였다. 어깨가 한없이 늘어졌다. 가엾게도 기득권의 덫에 걸린 것이다.

윤도는 비상구 쪽에서 모습을 드러냈다.

"변강쇠야? 무슨 소변을 그렇게 오래 봐?"

병실 앞으로 돌아오자 창승이 애정 어린 핀잔을 주었다.

"변강쇠는 이 병원에 많은 거 같은데요?"

"응?"

"부탁이 하나 있습니다."

윤도가 창승을 바라보았다. 몹시 진지한 눈빛이다.

잠시 후 윤도의 손에 들어온 건 진료기록부 사본이었다.

"뭐 확인할 거 있어?"

사본을 챙겨다 준 창승이 물었다.

"SS병원 말입니다. 그만뒀지만 라인 있죠?"

"그야……."

"이기 좀 검토해 달라고 하세요."

"채 선생."

"소아과 아니시잖아요? 이 병원은 당사자이니 물어볼 수 없고. 제 생각이지만 담당 의료진이 뭔가 숨기고 있습니다."

"……?"

윤도의 말에 창승이 벼락처럼 반응했다. 뭔가 감을 잡은 것이다.

"한 치의 가감도 없이 알아봐 주세요. 아니면 선배님도 저하고 적 됩니다."

이제는 폭탄선언까지 투하하는 윤도였다.

진료기록부의 행간에 숨은 사연을 알아내는 데 걸린 시간은 15분이었다. 윤도는 사본을 팽개쳐 버렸다. 윤도의 추측이 들어맞고 있었다.

병실에서 몇 가지 문제가 있었다. 첫째는 기도 삽관이었고, 둘째는 탈장에 대한 안일한 대처였다. 준서 의료진의 대처는 마취성 진통제였다. 아픈 미숙아에게 진통제를 투여해 재워 버렸으니 고통을 표현할 길을 막아버린 셈이다.

탈장 수술은 난도가 높지 않은 게 문제였다. 담당 교수가 적극 나서지 않는 통에 적시에 수술 스케줄을 따내지 못했다. 그렇게 방치되는 동안 장파열의 문제가 야기되었다.

한마디로 탈장을 너무 우습게 보았다.

어쩌면 상시 긴장의 결과로도 보였다. NICU는 24시간 비상 체제다. 인간은 반복에 약해진다. 게다가 전부 목숨을 다투는 환자들이다 보니 탈장 정도는 초비상 사태에 속하지 않을 수도 있었다. 하지만 탈장은 목숨까지도 앗아갈 수 있는 병이다. 그건 이 미숙아의 경우가 잘 말해주고 있었다.

서혜부는 다른 말로 사타구니를 지칭한다. 정상의 경우 장기는 복막 안에 존재한다. 그러다 복벽이 약해지면 복강 밖으로 삐져나온다. 그게 탈장이다. 이 아기의 경우는 서혜부 주위를 통해 빠져나왔으므로 서혜부 탈장이다. 어떤 경우에는 손으로 만져 복강 내로 밀어 넣으면 제자리로 가기도 한다. 그러나 적시에 조치하지 않으면 장이 썩을 수도 있다. 아기의 경우가 여기에 속했다.

그 주의 화요일 오전, 아기는 X─레이를 찍었다. 이때까지는 문제가 없었다. 하지만 그 다다음 날 부모에게 장파열이 통보되었다. 민 선생이 담당 교수의 지도하에 탈장을 복강으로 밀어올린 이후였다. 아기가 자지러졌다. 탈장이 방치되면서 장에 썩기 시작했는데 그걸 간과한 의료진이 이학적 검사와 더불어 무리하게 탈장을 복강 내로 밀어 올리다 사달이 난 것 같다. SS병원 측의 판단이었다.

담당 교수의 회진이 거의 없었다는 점도 지적되었다. 노련한 전문의라면 아기의 보챔만으로도 이상을 감지했을 테고, 그랬다면 장천공으로 인한 대변의 누출과 고환 감염도 막을 수 있었을 거라고 했다.

이 사안은 간호일지에서도 드러나고 있었다. 이날 아기는 심하게 보채며 울었고, 면회 시간에 들어온 보호자가 항의했다는 기록이 있었다.

한마디로 병원의 과실이었다. 미숙아는 집중 관리를 요하는 환자. 그렇기에 NICU의 A셀에 있었음에도 불구하고 허술한 관리를 받은 것이다.

"선배님."

윤도가 창승을 바라보았다.

"왜?"

"이 미숙아 담당 교수 말입니다. 평판이 어때요?"

"지명세 교수?

"예."

"소문은 좀 안 좋아. 안하무인에 입신양명파라더군. 수련의들 후려잡는 건 물론이고."

"……."

"하지만 나도 잘은 몰라. 닥터 민 대하는 거 보면 헛소문인 거 같기도 하고."

"어떻게 대하는데요?"

"아까 봤잖아? 좀 잘난 척하는 면은 있지만 그만하면 군기 잡는다고 볼 수 없지."

"이유가 있는지도 모르죠."

"이유?"

"오늘 닥터 민 당직 아니죠?"

"그렇게 들었는데, 왜? 설마 그사이에 꽂혔어?"

"이 선배님은 어때요? 잠깐 나갈 수 있습니까?"

"당연히 나가야지. 내가 모셨는데 저녁이라도 쏴야 하지 않겠어?"

"그럼 가시죠. 제대로 꽂히는 게 뭔지 제가 보여 드리죠."

윤도의 목소리에서 불꽃이 튀었다.

"채 선생."

창승이 미간을 찡그렸다. 한우생등심집 앞에 위치한 24시 편의점이다. 윤도가 다짜고짜 내놓은 건 컵라면이었다.

"왜요? 의사쯤 되니까 컵라면은 못 먹습니까?"

"누가 그렇대? 당직 설 때는 이것도 하느님이야."

"그럼 얼른 드세요. 불어 터지기 전에."

윤도가 먼저 면을 욱여넣었다.

"여기서 이래야 하는 이유를 말해줘야지."

"눈으로 봐야 하는 일입니다."

"채 선생."

"글쎄, 입 더러워질까 봐 말 못 한다니까요."

"뭔가 오해하고 있나 본데, 지 교수는 사생활에 문제없어. 집안 좋고 인품 좋아. 시건방진 건 실력이 있으니까 그런 거고."

"안 드실 겁니까?"

자기 몫을 해치운 윤도가 창승의 라면을 바라보았다.

"아, 진짜 배고프면 근사한 데로 가자고. 나 수련의지만 그 정도는 쏠 수 있어."

"누가 안 간답니까? 조금 있다 가자는 거죠."

"진짜 불손한 상상 하는 거면 너무 오버야. 닥터 민은 약혼자도 있는 몸이거든. 게다가 지 교수는 60대. 누가 봐도 매칭이 안 되는 그림이잖아?"

"미안하지만 그 일은 나이랑 별 관련이 없거든요."

"……."

"어!"

창승의 라면을 집어 들던 윤도가 동작을 멈췄다. 한우집에서 지 교수와 민 선생이 나오고 있었다.

"아, 진짜……."

창승은 답답한 마음에 머리를 긁어댔다. 하지만 그 역시 동작을 멈추게 되었다. 지 교수와 민 선생 때문이다. 둘은 차를 두고 걸었다. 차를 마시려나 싶었지만 아니었다. 놀랍게도 지교수의 걸음이 멈춘 건 모텔 앞이었다. 주저하는 민 선생을 잡아끌고 있었다.

"이제 됐습니까?"

윤도가 일어섰다.

"채 선생……."

"실은 아까 외진 곳에서 두 사람이 말하는 걸 들었어요. 지 교수가 민 선생 약점을 빌미로……."

성 상납 내지는 성폭행 각.

"……."

창승이 자지러졌다.

"병원 감사실에 아는 직원 있다고 했죠?"

"채 선생."

"연락하세요. 선배님도 이런 일에 끼기는 싫을 테니."

"젠장, 그럼 아예 숙부님에게 걸자고. 그래야 한 방에 끝나지."

"콜!"

윤도가 화답했다.

30분쯤 후 병원 감사실장이 도착했다.

실장은 혼자 모텔로 들어갔다. 잠시 후 나올 때는 세 사람이 함께였다. 지명세 교수와 민 선생, 그리고 감사실장. 지 교수는 감사실장에게 매달리다시피 애원하고 있었고 민 선생은 넋이 반쯤 나가 있었다.

"이제야 정리가 된 것 같군요. 이제 한턱 제대로 쏴보시죠."

윤도가 창승의 덜미를 당겼다.

다음 날 지명세 교수는 해임되었다. 감사실장의 보고를 받은 이철중이 창승을 불러 자초지종을 들었고, 민 선생을 호출해 확인을 받은 것이다. 민 선생에게 내린 처벌은 엄중 경고였다. 성 문제에 있어서는 피해자였지만 자신의 실수를 감추려고 한 일이니 그 책임까지 면해주지는 않았다. 준서의 부모에게는 위로금으로 5천만 원 보상이 결정되었다.

사고는 두 얼굴 지명세의 잔머리였다. 평소 민 선생을 넘본 그였다. 어떻게 하면 한번 건드릴까 궁리하던 끝에 기회를 잡았다. 실수를 포착한 것이다. 양심의 가책을 받은 민 선생의 약점을 노려 합궁을 시도했다. 문제는 이 일이 처음이 아니라는 사실이다. 조사를 하다 보니 몇 해 전에도 유사한 투서가 있었다. 그때는 지 교수가 명예훼손 운운하며 펄펄 뛰는 통에 유야무야 넘어갔다. 때늦게 확인해 보니 그 투서도 신빙성이 높았다.

"부원장님."

부원장실로 불려온 지명세는 선처를 호소했다. 미숙아를 살린 일로 기분이 좋아져 고생한 민 선생을 치하하다 보니 과음하는 바람에 발생한 불가피한 일이라는 거였다. 정작 자신은 발기불능으로 섹스를 할 수 없다는 증거도 꺼내놓았다. 다른 병원의 발기부전 치료 기록이었다.

그건 사실이었다. 그러나 성폭행이나 추행은 거시기로만 하는 게 아니다. 지명세의 주무기는 기구였다. 그것으로 예비 신부인 민 선생을 능욕했다. 그건 민 선생의 고백으로 알게 된 일이다.

짝!

이철중이 따귀를 날렸다.

"부원장님."

뻔뻔하게도 억울한 표정을 짓는 그 얼굴에 또 한 방의 따귀가 작렬했다.

"들어오세요!"

부원장이 소리쳤다. 문이 열리며 들어선 건 형사들이었다. 그 옆에는 민 선생이 서 있었다.

"당신은 파면이야. 민 선생이 용기를 내서 고소했으니 다음 조치는 경찰에서 받도록."

이철중은 파면이라고 말했지만 지명세의 귀에는 파멸로 들렸다.

파멸.

갑질의 대가였다.

"지명세 교수 파면!"

NICU 앞에서 창승이 외쳤다. 윤도는 방금 도착해 있었다. 준서를 위한 왕진이었다.

"잘렸어요?"

윤도가 물었다.

"잘린 것 And 경찰서행. 민 선생이 성폭행으로 고소했다네."

"그래요?"

"결혼 앞두고 고민 많이 했는데 채 선생 보고 느낀 게 많아서 용기를 냈대."

"제가 뭘요?"

"미숙아 말이야. 자기는 주치의면서도 실수를 숨기고 달아날 궁리만 했는데 채 선생은 아무 연관도 없으면서 혼신의 치료. 옆에서 지켜보면서 대오 각성했나 봐."

"아무 연관이 없다는 건 좀 그러네요. 의료인이면 병자에 대해 적어도 n분의 1의 책임은 있다고 봅니다."

"역시……."

"그럼 파혼인가요?"

"아니야. 다행히 남편 될 친구가 외국계라서 이해를 해줬다네. 사실 고소도 그 친구가 강력하게 권한 일이래. 언젠가 밝혀질 일이라면 이런 기회에 다 벗고 가자고. 그게 새 출발의 의미와도 어울리지 않느냐고."

"좋은 남자 만났군요."

"그리고 부원장님이 면목 없다고 전해달래. 나중에 밥 한 끼 사면서 따로 사죄하시겠다고."

"부원장님이 왜요?"

"우리 병원에서 일어난 일이잖아. 채 선생 볼 면목이 없다고 하더라고."

"앞으로 잘하시면 되죠."

"어, 저기 민 선생 오네."

창승이 복도 끝을 가리켰다. 닥터 민이 다가오고 있었다.

"채 선생님."

그녀가 윤도 앞에 섰다. 마음고생으로 수척하지만 표정은 밝아 보였다.

"······."

"정식으로 사과드리려고요. 제 과실, 선생님에게만은 고백하고 싶었어요."

"그건 준서에게 해야 하는 거 아닌가요?"

"그래야죠. 준서 부모님께도."

"······."

"죄송하지만 준서 부모님께 가는 길인데 함께 가주시겠어요?"

"제가 왜요?"

"평생 씻지 못할 제 무거움을 씻어주신 분이잖아요. 선생님 앞에서 그 부모님께 사과드리고 싶어요. 준서에게도."

"가봐."

옆에 있던 창승이 윤도의 등을 밀었다. 못 이기는 척 상담실로 따라갔다. 만약 윤도의 얼굴을 팔아 어물쩍 넘어갈 태세라면 따귀라도 갈겨줄 생각이다.

그 생각은 기우였다. 상담실에 들어서자 먼저 와 있던 준서 부모님이 보였다. 닥터 민은 부부 앞에 무릎을 꿇고 고개를 조아렸다.

"죄송합니다. 용서를 빕니다."

닥터 민을 바라보던 어머니가 손을 내밀어 일으켜 세웠다.

"민세라 선생님."

"어머니……."

닥터 민은 차마 준서 어머니를 마주 보지 못했다.

"솔직히 말해서 아기가 그 지경이 되었을 때는, 담당 교수가 체온이 있을 때 안아나 보라고 했을 때는 교수와 당신까지 다 찢어 죽이고 싶었어요."

"……."

"채 선생님이 아기를 살렸을 때도 그랬어요. 그건 당신들의 공이 아니니까요. 오직 채 선생님이 혼신의 침으로 이룬 기적이니까요."

"……."

"그런데 알고 보니 채 선생님을 모시자고 한 게 당신이더군요. 이창승이라고, 다른 환자 주치의 선생님이 말씀해 주셨어요."

"그건……."

"병 주고 약 준 셈이네요. 우리 준서를 지옥 문턱까지 보냈다가 다시 우리 품으로 돌려놓다니."

"어머니, 죄송합니다. 저는……."

"탈장 얘기도 들었어요. 담당 교수가 해야 할 일을 당신에게 시켜 일어난 일이라는 거."

"그 일은 할 말이 없습니다. 어쨌든 제 잘못입니다."

"결론부터 말씀드릴게요. 그래서 우리는 당신을 용서하기로 했어요. 우리 아기가 살았으니까."

"어머니……."

"다음부터는 꼭 좋은 의사가 되세요. NICU가 힘든 건 알지만 그 안에 아기를 맡겨둔 부모만큼 힘들겠어요? 당신들은 그래도 뭐가 어떻게 돌아가는지는 알잖아요. 우리는, 우리 부모들은 그저 당신들 얼굴만 쳐다보며 하루를 산다고요."

"어머니."

닥터 민은 한 번 더 무너졌다. 윤도는 그쯤에서 슬그머니 발을 돌려 복도로 나왔다.

좋은 의사가 된다는 것.

쉽지 않다. 하지만 닥터 민은 이제 좋은 의사가 될 것 같았다. 그녀에게는 이번 미숙아 사건이 헤이싼시호가 될 것만 같았다. 거듭날 기회가 된 것이다.

준서에게 가서 침을 놓았다. 그새 부쩍 자란 것 같았다. 윤도의 손길을 아는지 입꼬리도 올라갔다. 기혈을 고르게 해주고 황달을 조절해 주었다. 그리고 슬쩍 그 부위도 체크했다. 준서의 고환은 완전히 정상으로 돌아가 있었다.

발침을 할 때 간호사가 다가왔다.

"준서는 지정의, 주치의 모두 바뀌게 된대요. 지정의 되실 교수님이 아까 와서 보더니 굉장히 좋아졌다고 C셀로 보내자고 했어요. A셀에서 C셀로 직행하는 케이스는 준서가 처음일 거예요. 우리 NICU 기록이에요, 기록."

간호사는 제 일처럼 좋아했다. 그러고 보니 준서에게 연결되어 있던 라인도 절반 정도 줄었다. 시원한 마음으로 병실을 나왔다. 미숙아 왕진은 이렇게 해피엔딩이었다.

8. 황제의 병

"어때요?"

윤도가 침구실의 어르신 환자에게 물었다. 속이 쓰리다고 해서 바르는 탕약을 발라준 것이다. 그것도 복부가 아니고 손과 손목이었다. 며칠 소홀한 신약에 대한 확인이다. 고혈압, 당뇨, 위장병 등의 타입이 나오고 있지만 만족스러운 건 없었다.

"다른 걸 발라볼게요."

두 번째 실험 탕약을 발랐다. 탕약재의 분자량이 다른 약이다. 할머니의 피부 각질을 고려할 때 조금 더 나을 것으로 보였다.

"나은 건가?"

할머니가 고개를 갸웃거렸다. 윤도가 맥을 잡았다. 말은 믿을 수 없었다. 할머니를 신뢰하지 못해서가 아니라 할머니가 윤도를 신뢰하는 까닭이다. 이렇게 되면 플라시보라고 위약 효과가 성립할 수 있었다.

'위장……'

관맥에 집중했다. 약간의 차도는 보이지만 만족스럽지 않았다. 아까 고혈압 환자도 그랬다. 장침을 집었다. 아시혈로 들어갔다.

"아이고, 시원한 거."

할머니가 반색했다.

'12경맥의 유주……'

원장실 책상에 앉아 의서를 펼쳤다. 인체의 피부는 12구역으로 나누었다. 24구역으로 늘일까 하다가 오히려 절반으로 줄였다. 6구역이다.

머리, 양팔, 양다리, 복부, 등, 손발.

갈 길이 멀어서 좋았다. 손대는 대로 뚝딱 신약을 만들어낸다면 무슨 보람을 느낄 것인가? 강외제약에서 보내준 참고 자료를 펼쳤다. 바르는 파스부터 동안 팩까지 다양했다. 그것들에 대한 원리를 놓고 하나씩 점검해 나갔다. 원리를 생각하니 혈자리가 떠올랐다. 그때 인터폰이 울렸다.

"원장님, 검사님 오셨는데요?"

정나현의 목소리다.

"아, 모시세요."

윤도가 답했다. 그러고 보니 용천규 부장검사와 약속한 시간이었다.

'또 어디가 아프신 건가?'

의서를 밀어두고 용천규를 맞았다.

"아이구, 원장님."

"오셨습니까?"

"신수가 훤하시네?"

"하핫, 제가 드릴 말씀입니다. 앉으시죠."

윤도가 자리를 권했다.

"어디가 불편해서 오신 겁니까?"

"불편하지."

차를 마시던 용천규가 답했다.

"또 허리가 도지셨나요?"

"허리가 아니고 여기."

용천규가 가리킨 건 머리였다.

"머리가 아프십니까?"

"아파. 그것도 미치도록."

"얼굴색을 보니 질병은 아니고 스트레스인 모양이군요."

"맞아. 스트레스."

"골 아픈 사건이 배당되었군요?"

"아이고, 족집게. 우리 원장님, 이제 돗자리도 같이 펴도 되겠네."

"머리 맑아지는 침 좀 놔드려요?"

"아니, 나 때문이 아니고 소환할 사람 때문에 온 거라네."

'소환?'

"전직 대통령 관련 사건인데 굉장히 중요한 고리가 되는 사람이야. 그런데 이 양반 엄살이 국가 대표급이시네."

"엄살이라고요?"

"수사관들 하는 말이 손만 닿아도 자지러진다는 거야. 장난인 줄 알고 강제 소환할까 싶었는데 그것도 병이라나?"

"엄살로 보였다면 암 같은 중병은 없다는 거고, 손만 닿아도 자지러진다면 복합부위통증 증후군으로 불리는 CRPS(Complex Regional Pain Syndrome)일까요?"

"응? 그건 또 뭔가?"

"외상 후 특정 부위에 생기는 만성 신경병성 통증과 거기에 동반된 자율신경계 기능 이상, 피부 변화, 기능성 장애를 특징으로 하는 질환인데요, 바람이 불거나 살짝 닿기만 해도 무지막지하게 아프고 칼로 찌르는 듯한 통증이 시작된다고 하더군요. 저도 아직 환자를 직접 보지는 못했습니다."

"그 양반은 통풍이라고 하던데?"

"아, 통풍요? 그것도 만만치 않지요."

"그거 채 원장이 좀 고칠 수 있나?"

"그거 고치면 부장님 스트레스가 사라집니까?"

"이 사람이 중요한 증거를 알고 있는 눈치거든. 불러다 놓고 사박사박 조져야 할 판인데 손도 못 댈 형편이니 어쩌겠나?"

"그렇다고 강제로 치료할 수도 없을 거 아닙니까?"

"아니야. 내가 낮에 찾아갔는데 콜을 받더라고."

"네?"

"사실 정권에 협력하던 사람치고 털어서 먼지 안 나는 사람이 있겠나? 이 양반은 자기 아들을 공기업에 불법 취업시켜 중견 간부로 만들었지. 외가 쪽으로도 두 명이나."

"알차게 해먹었군요."

"그건 문제 삼지 않을 테니 큰 건이나 협조해 달라고 했거든. 그랬더니 기왕 딜할 거면 통풍이나 고쳐주라고 하지 않겠어?"

"그래요?"

"처음에는 빈정거리는 줄 알았는데 말하는 걸 보니 아니더라고. 이 양반이 40대 초반부터 통풍을 앓았는데 하필이면 맥주 광에 고기 마니아라지 뭔가? 지금도 냉동실에 시원하게 재운 맥주 한 잔에 닭다리 하나 뜯었으면 소원이 없겠다고 하더군."

"공감이네요. 사람이란 뭔가를 금하면 더 하고 싶어지거든요."

"불행인지 다행인지 이 양반이 채 선생을 몰라요. 한의원은 쳐다보지도 않는다고 하길래 내가 진짜 명의가 있다고 고치도록 알선해 줄 테니 협조해 달라고 했지."

"콜을 받았다고요?"

"그까짓 한의사 하더니 그러자고 하더군. 만약 통풍 못 잡으면 더 괴롭히지 말라면서."

"위험부담이 있는 딜인데요?"

"그렇긴 하네. 신뢰 있는 사람은 아니지."

"치료가 되면 변심할 수도 있겠군요?"

"아들 불법 취업이 아킬레스건이니 그러지는 못할 거야."

"……"

"아무튼 나 한 번 더 살려주실 수 있을까?"

"치료비는 어쩌실 겁니까?"

"그쪽에서 안 내면 내가 수사비 아껴서라도 치르겠네."

용천규의 눈빛은 절실했다.

"그럼 콜입니다."

윤도가 웃었다.

삐뽀삐뽀!

퇴근 시간이 지난 후 119 구급차가 마당에 멈췄다. 윤도는 진경태와 연재를 거느리고 나와 있었다.

"채 원장."

뒤따라온 차에서 용천규와 수사관이 내렸다.

"아이고!"

구급차에서는 사람보다 비명이 먼저 나왔다.

"조심하세요. 닿기만 해도 아파 죽는다고요."

동승하고 온 아들이 구급대원들을 닦아세웠다. 주인공이 보이기 시작했다.

71세 이영철.

머리가 살짝 벗겨진 주인공이 한의원으로 들어왔다. 바로 침구실로 옮겼다.

"아, 진짜… 수사를 꼭 이렇게까지 해야 합니까?"

아들이 수사관들을 향해 핏대를 올렸다. 그는 아직 모르고 있었다. 그의 부정 취업에 대한 정보를 검찰이 확보하고 있다는 사실을.

"아이고!"

침대를 바꾸는 동안에도 이영철의 비명은 멈추지 않았다.

"선생님이 우리 아버지 치료하신다고요?"

아들이 윤도에게 다가왔다.

"예."

"진짜 한의학으로 됩니까? 자신 없으면 미리 말씀하세요.

괜히 아버지 힘들게 하면 가만 안 있을 겁니다.”

“일단 나가 계시죠. 아시겠지만 통풍은 건드리기만 해도 비명이 나올 수 있으니 참고하시고요.”

“참고?”

“진료가 끝났다고 말씀드릴 때까지 기다려 달라는 말입니다.”

“아, 이놈의 개한민국……”

아들은 양복을 펄럭이며 침구실을 나갔다.

“당신이 나를 치료하는 건가?”

침대의 이영철이 물었다.

“예.”

“침놓으려고?”

“예.”

“스치기만 해도 아픈데 무슨 침? 한약으로 가자고.”

이영철은 환자로 온 주제에 멋대로 방향을 정하고 있었다.

“제 침은 아프지 않습니다. 치료 문제는 진맥 후에 결정하겠습니다.”

“진맥은 무슨 진맥? 내 몸에 손대지 마!”

이영철이 소리쳤다.

“이영철 님.”

“용 부장 말이 명의라며? 그럼 그냥 한약 지어. 내 병은 통풍이라고, 통풍. 진맥하고 말고 할 것도 없어.”

환자의 각은 점점 더 뾰족해졌다.

"그건 안 됩니다. 진맥도 안 하고 처방할 수는 없습니다."

"어억!"

윤도가 손목을 잡자 환자가 자지러졌다. 놀란 윤도가 손을 놓았다.

"이 사람이 미쳤나? 아프다고 했잖아? 스치기만 해도 바늘로 찌르는 거 같다고!"

이영철이 목청을 높였다.

"알겠습니다. 그렇다면 침으로 하죠."

"뭐야? 손대는 것도 아픈데 침?"

"병원에서 주사 맞거나 채혈해 보셨죠?"

"그거야……."

"어떨 때는 피 뽑을 때 하나도 안 아픈데 어떤 사람이 뽑을 때는 아프죠?"

"맞아."

"제 침이 바로 그렇습니다. 보시죠."

윤도가 환자 팔뚝에 쌀알 하나를 떨어뜨렸다.

"아!"

환자가 비명을 질렀다. 하지만 비명은 곧 그쳤다. 쌀알 다음에 들어간 장침 때문이다. 언제 들어갔는지도 모를 정도로 느낌이 없었다.

"제 말이 맞죠?"

윤도의 말에 이영철의 눈이 휘둥그레졌다. 그의 손목에 수직으로 꽂혀 있는 장침 때문이다.

"응? 이게 언제?"

"이것 좀 보시겠습니까?"

연재가 내민 풍선을 받아 쥔 윤도가 장침으로 찔렀다. 풍선은 터지지 않았다. 천천히 잡아 뺐다. 그래도 문제가 없었다.

"응?"

"다시 말씀드리지만 제 침은 아프지 않습니다. 그러니 긴장하지 마시고 편하게 계세요. 아셨죠?"

"거 참."

이영철은 입맛을 다시며 긴장을 풀었다.

장침으로 진맥의 정보를 받았다.

통풍.

한방에서는 역절풍이나 통비라고도 한다. 바람을 많이 쐬거나 땀을 과하게 흘린 후 갑자기 찬물에 들어가거나 습기 많은 곳에서 장시간 머물 때를 조심해야 한다. 이때 좋지 않은 기운이 관절에 돌아다니다 혈기와 충돌하면 통풍이 된다.

특징은 누가 뭐래도 통증이다. 복합부위통증 증후군의 통증이 막강하다지만 통풍의 통증 또한 그에 버금간다. 전자가 금메달이라면 은메달은 되는 셈이다.

주요 증상은 근육과 뼈마디가 시리고 아픈 것, 온몸의 관절이 돌아가며 아픈 것, 낮보다 밤에 더 심한 것 등이 꼽힌다.

통풍은 주로 남자, 그것도 나이가 많은 사람에게 호발한다. 그렇다고 젊은 층이라고 안전지대인 건 아니다. 초기에는 하나의 관절을 침범하지만 점차 멀티를 시도해 나간다. 엄지발가락이 단골이고 손가락, 발목, 무릎 등도 가리지 않는다. 엄지발가락이 단골인 건 보행 시 압력을 많이 받는 데다 체온이 낮은 부위인 까닭이다.

한문으로 아플 통, 바람 풍 자를 쓴다. 그래서 그런지 바람만 불어도 아프다. 오죽하면 통증의 왕으로 불릴까?

통풍은 왕 칭호로도 부족하여 황제라는 칭호를 가지고 있다. 이름 하여 황제의 병이다. 유래는 잘 먹고 부유하고 풍만하던 로마시대의 황제들이 통풍의 단골인 까닭이다. 로마뿐만 아니라 영국의 헨리 8세도 이 병을 앓았다. 핵산이 많이 함유된, 소위 몸에 좋은 음식을 과하게 섭취하는 통에 영양과잉으로 생긴 부작용이었다.

혹자는 이를 출산의 고통보다도 상위 등급으로 매기기도 한다. 출산의 고통은 쉬는 시간이라도 있고 매일 겪는 게 아니지만 통풍은 자칫 평생의 고생이 될 수도 있었다.

일단 통풍에 걸리면 식도락은 아웃이다. 음주도 아웃이다. 통풍의 주적이 이들이기 때문이다. 술 중에서도 맥주가 그랬다. 맥주 안에는 통풍을 야기하는 요산의 전구물질 퓨린이 다량으로 들어 있다. 따라서 맥주를 마시면 체내에 요산이 급증하게 된다. 술이 아니라 통증을 들이붓는 격이다. 그렇다고 다른 술은 괜찮다는 뜻이 아니다. 소주를 시작으로 저 우아하다고 소문난 와인까지 죄다 금(禁) 자가 붙는다. 모든 알코올이 통풍을 불러오기 때문이다.

음식군도 그렇다. 퓨린이 함유된 음식은 우리 식탁의 주요 멤버이다. 소, 돼지, 닭은 물론이거니와 고등어, 꽁치, 새우도 금 자가 붙는다. 건오징어도 아웃이고 간과 내장류는 아예 핵폭탄으로 기억하는 게 좋다.

통풍은 고혈압, 비만, 고지혈증, 당뇨 등을 동반하는 경우가 많다. 이영철의 경우에는 혈압과 비만이 있었다. 신장 기혈도 당연히 개판이었다. 퓨린 대사가 이루어지는 간도, 혈액순환을 책임지는 심장도 그랬다. 세 장기의 조화가 깨지면서 통풍이 폭주한 것이다.

"술 많이 드셨군요?"

윤도가 물었다.

"젊을 때는……."

"원인 이야기는 하지 않겠습니다. 병원에서 귀에 못이 박히도록 들었을 테고 많이 찾아보기도 했을 테니까요."

이영철은 상류층에 지식인이다. 인간은 고질병에 걸리면 자료를 찾는다. 내 병은 왜 생겼을까? 어째서 생겼을까? 근원을 찾아가는 본능이다. 그리고 그 본능이 없었을 리 없다. 이런 지경이라면 이 사람의 머릿속에 들어 있는 건 치료뿐이다.

잡소리 말고 병이나 고쳐.

바로 그것이다.

"시원한 생맥주에 닭다리 뜯어보는 게 소원이라면서요?"

"……?"

"아드님에게 준비하도록 말씀드려 준비해 놓겠습니다."

"뭐야?"

"확인을 겸해 치료 끝나면 드셔야죠. 오래 걸리지는 않을 겁니다."

"이, 이봐."

환자가 버둥거렸지만 침은 이미 두 개나 들어간 후였다. 외관과 합곡혈이다. 환자가 침을 쳐다보는 사이에 또 하나의 혈을 잡았다. 이번에는 완골혈이다. 세 혈은 모두 마취에 관한 혈. 혹시나 모를 버둥거림에 대한 대비였다.

"어때요?"

윤도의 손이 환자의 복부를 눌렀다. 환자는 통증을 느끼지 않았다.

"괜찮죠?"

이번에는 발목을 쓰다듬어 한 번 더 확인시켜 주었다.

"허어."

환자의 탄식 속에 윤도의 장침이 출격하기 시작했다.

통풍.

퓨린체 대사 이상이 생기면 요산(Uric acid)의 혈중농도가 상승한다. 퓨린은 몸속에서 요산이 된다. 요산은 신장에서 배설된다. 현미경으로 보면 날카롭고 얇은 유리 파편처럼 생겼다. 투명하지만 손을 베일 듯 선명하다. 이 요산이 혈관을 돌아다닌다.

혈중 수치가 7mg/dl이 넘으면 헤쳐 모여를 시작한다. 하도 투명해 일반 X—레이로는 보이지도 않는다. 그러나 그 정체는 유리 바늘 형태이다. 이것들이 뭉쳐 관절 주위에 쌓인다. 통증이 시작되고 염증으로 발전한다. 그러다 마침내 신장을 공격하기 시작한다.

콜킨, 자이로릭, 패블릭 등의 약이 있지만 관리용이다. 한번 발병하면 치료가 어렵다. 그나마 혈중농도 6mg/dl 정도로 관리하면 성공적이다.

하지만 인간은 이기적 동물. 몸이 잠깐 괜찮아지면 긴장이 풀어진다. 약을 꼬박꼬박 챙겨 먹는 것도 보통 일이 아니니 하루쯤 약을 망각한다. 응? 몸이 괜찮다. 이제 낫는 건가 싶어 간만에 술을 한잔 마신다. 금식하던 음식들도 슬쩍 먹어치

운다. 하루 이틀 후면 맹렬한 보복이 돌아온다. 통풍의 마수
는 이토록 집요하다.

간.

심장.

신장.

치료 과정은 셋으로 나뉠 수 있다. 간은 퓨린체의 대사에
관여한다. 만약 퓨린이 과잉 생성되는 거라면 간을 손봐야 한
다. 과잉 대사를 억제하면 해결될 수 있다.

다음은 심장이다. 통풍은 혈액순환도 중요했다. 혈액순환이
잘되면 혈관이나 관절에 요산이 쌓이는 걸 줄일 수 있다. 부
수적으로는 고혈압이나 고지혈증, 당뇨까지 짚어야 하는 코스
이다.

다음 요점은 신장이다. 통풍은 퓨린의 과잉 생성으로도 생
길 수 있지만 배설 감소도 중요한 요인이 된다. 그건 단연코
신장의 기능 장애가 원인이다.

이영철의 신장은 문제가 있었다. 병원에서 측정한 요산의 농
도가 10.0㎎/dl인 것만 봐도 그랬다. 동반으로 검사한 Creatinine
과 BUN 등의 신장 기능 반영 검사 수치도 좋지 않았다.

대표적으로는 이렇지만 기타의 원인도 있을 수 있다. 성(性)도
하나의 요인이고 비만도 요인이다.

일단 간부터 짚어 혹시 모를 간의 대사를 바로잡았다. 다음

으로 심장의 혈액순환을 돕기 위해 혈해혈에 장침을 넣었다.

순간, 덜컥 기의 제동이 느껴지는가 싶더니 환자가 돌연 버둥거리기 시작했다.

"우어어!"

급격한 경련이다. 돌발 상황. 혈액순환이 촉진되자 혈중에 부유하던 요산에 가속이 붙었다. 그 가속이 관절 부위에 닿자 기존에 쌓여 있던 요산 덩어리와 충돌하며 통증이 된 것이다. 다행히 마취혈을 잡았지만 순간적인 통증까지는 제어하지 못했다.

'젠장!'

침을 거꾸로 감아 침감을 늦췄다.

"우워억, 우워억!"

환자는 거품까지 뿜어댔다.

"잠깐만요. 잠깐만 참으세요."

서둘러 아시혈을 찾았다. 부어오른 관절 마디에 침을 넣어 피를 뽑았다. 엄지발가락에서 손과 무릎까지 쉬지 않았다. 그제야 환자의 경련이 멈췄다.

'후우!'

윤도가 겨우 숨을 돌렸다. 여러 대비를 했음에도 완벽이란 없었다. 그게 질병이었다. 질병도 생명이 있다. 치료제가 들어가면 어떻게든 반항한다. 혹은 유혹한다. 이때 지면 병을 고칠 수 없다. 환자는 그 산을 넘어야 하고 질병은 버텨야 한다.

그걸 도와주는 게 의료인의 임무였다.

마취혈을 다시 잡아야 했다. 이미 통증을 느꼈기에 그대로
는 소용이 없을 일. 기존 혈자리 옆에 마취침을 꽂았다.

'재도전.'

다시 심장이다. 침이 미는 기와 기왕의 기가 자연스레 섞이
길 기다렸다. 그런 다음에야 순환의 속도를 올렸다. 이번에는
요산 충돌의 부작용이 나오지 않았다. 환자의 비명도 없었다.
비로소 신장 치료에 돌입했다.

'태충혈, 행간혈, 은백혈, 공손혈, 합곡혈, 중봉혈.'

이들 중 태충과 합곡을 제외하고 네 개의 장침을 찔렀다.
이영철은 눈 한 번 찡그리지 않았다. 네 혈자리를 번갈아 침
을 감았다. 한껏 돌린 후 사기를 내밀었다. 미리 잡아둔 아시
혈 쪽으로 사기가 분출되는 게 느껴졌다.

기가 한 바퀴 돌았다.

두 바퀴 돌았다.

이번에는 두 침이 합곡혈과 삼음교를 타고 들어갔다. 몸속
의 찌꺼기를 청소하려는 의도이다.

"저기……."

20여 분이 지나자 환자가 꿈틀거렸다.

"소변 마려우세요?"

"응."

"일 보세요."

"여기서 싸라고?"

이영철은 인상을 찡그렸지만 그의 거시기에는 이미 소변 팩이 붙은 후였다.

"침이 박혀 있어서 그럽니다. 소변 검사 할 것도 있으니 일 보세요."

"에이, 참."

투정과 함께 소변이 나오기 시작했다. 소변은 탁했다. 그걸 정나현에게 넘겼다. 윤도가 다시 침감을 넣기 시작했다. 합곡과 삼음교에 공을 들였다. 2차로 소변을 받았다. 첫 소변과의 시차는 거의 한 시간이었다.

"원장님."

정나현이 돌아와 결과를 알려주었다. 원심분리를 한 후 본 현미경 결과였다. 첫 소변에는 요산이 홍수를 이루었다. 너무 많아 시야를 가릴 정도였다. 두 번째 소변은 달랐다. 요산이 있기는 했지만 거의 흔적 정도였다.

"보시죠."

현미경 시야를 찍은 사진을 이영철에게 내밀었다.

"뭐지?"

"요산이라고 통풍을 일으키는 퓨린의 변화 물질입니다. 앞의 것은 치료 중의 것이고 뒤의 것은 치료 침으로 변한 농도입니다."

"……."

"발하고 무릎도 보시죠."

"……!"

발가락을 본 환자가 소스라쳤다. 거기 멋대로 불거져 나와 있던 관절의 마디가 사라지고 없었다. 무엇보다 엄지발가락. 언제든 통풍의 시작을 알리던 그 지긋지긋한 붓기도 거의 사라진 후였다.

"통풍이 나았어?"

이영철이 반색했다.

"아직 끝난 건 아닙니다. 여기서 멈추면 약을 잠시 끊은 것처럼 다시 재발합니다."

"그, 그럼 얼른 계속하시오."

"무작정 침을 꽂는다고 되는 건 아닙니다. 기혈이 몸을 돌아야 하니 그 시간에 용 부장님을 만나시지요."

"용 검사?"

"그분이 할 말이 있는 것 같던데 시간 허비하느니 기다리는 시간을 이용하시는 것도 좋지 않겠습니까?"

"이, 이봐요, 채 원장."

이영철의 목소리는 듣지 않았다. 복도로 나와 용천규에게 과정을 설명했다.

이영철 환자.

통풍을 잡으면 변심할 소지가 있는 사람. 아들의 불법 취업 건에 대한 약점이 있다지만 번잡할 필요 없었다. 그는 이미 치료의 맛을 보았다. 마약보다 더 중독성 깊은 완치에의 희망. 그 담보를 용천규에게 넘겨주는 윤도였다.

"치료가 눈앞이라고요?"

용천규가 이영철을 바라보았다. 군데군데 꽂힌 장침이 시선을 끌었다.

"제가 말씀드렸죠? 채 원장은 신침이라고."

"……"

"화룡점정이 남았다고 하더군요. 그전에 제 질문에도 화룡점정을 그려주시죠."

"끄응."

"기왕이면 통풍과 함께 과거의 문제도 깔끔하게 정리하는 게 좋지 않겠습니까?"

"……"

"맥주 한잔에 통닭 뜯고 싶다면서요? 지금 밖에서 즉석 통닭 바비큐가 돌아가고 있습니다."

"……"

"다시 약속하지만 아드님과 친인척들, 공기업에 꽂아준 건 덮어두겠습니다. 하지만 끝내 거부하시면……."

"밖에서 통닭을 굽고 있다고?"

"예."

"어쩐지 냄새가 나더라니."

"전 정권의 비리는 만천하에 드러나고 있습니다. 이미 그쪽 직속 라인에서 증언이 나왔지 않습니까? 협조해 주십시오."

"증언하면 구속할 건가?"

"아니라고 몇 번을 말씀드렸습니까?"

"남자로서 약속할 수 있나?"

"약속하죠."

"이것 참, 입을 다물면 통풍으로 관절이 터져 날아갈 판이오, 입을 열면 지조가 날아갈 판이니……."

"지조가 아니라 정의를 세우는 길입니다."

"정의라… 하는 수 없지. 우리 VIP가 손바닥으로 하늘을 가린 격이니."

허공을 보던 이영철이 입을 열기 시작했다.

"끝났네."

얼마 후 용천규가 침구실에서 나왔다. 표정은 밝았다. 결과 같은 건 묻지 않았다. 윤도는 한의사로서 마무리 시침만 머리에 그렸다.

'통풍 또한 혈병.'

윤도의 머리에 그리는 요혈은 격수혈이었다. 진맥에서도 침 감에서도 거기가 요긴했다. 그러나 자잘하게 따라온 혈자리도 많았다. 장침을 여럿 꺼내놓았다.

침이 하나하나 이영철의 몸에 박히기 시작했다.

신주혈과 격수혈이다. 근축과 비수에 신수혈도 자침했다. 마무리는 중완에서 끝냈다. 아직 몸에 남은 침들과 조화를 시도했다. 신장의 울림이 전해왔다. 기혈의 막힘이 뚫리며 기능이 개선되고 있었다.

신장.

볼수록 생명의 보물이었다. 흔히들 심장을 중시하지만 그렇지 않았다. 한방에서는 신장만 한 보물이 없었다. 웬만한 병은 신장 하나로 끝을 볼 수 있었다.

1회전.

신장의 새 기혈이 몸을 돌았다.

2회전.

이제 병색을 안고 돌던 기혈의 시기는 거의 빠져나갔다.

3회전.

비로소 새로운 기혈이 온몸을 차지했다. 임맥에도 독맥에도 새 기혈이 면면히 흐르는 것이다. 윤도의 눈에 새싹의 발아 과정이 보였다. 움이 트고 싹이 나고 꽃이 피는 과정. 이영철의 통풍은 마치 그 화면을 거꾸로 돌리는 형상이었다. 흉하게 부어오른 붓기가 내려앉더니 검붉은색이 바래기 시작했다. 퉁퉁 부어올라 흉측하던 손가락 마디와 발가락 마디가 정상으로 돌아왔다. 눈엣가시 같던 엄지발가락도 그랬다. 안정화를 위해 30분쯤 더 그대로 두었다.

"됐습니다. 일어나 보세요."

윤도가 환자의 어깨를 건드렸다. 이미 마취혈의 발침까지 마친 상태. 환자가 부스스 상체를 일으켰다.

"아프던 곳 확인하세요. 깨끗해졌죠?"

윤도가 등을 받쳐주었다. 본능적으로 몸을 빼던 환자가 윤도를 바라보았다.

"이제 괜찮습니다. 그렇죠?"

확인시키듯 어깨를 쓸어주었다. 환자는 아무 통증도 느끼지 않았다. 그가 내려다본 발은 깨끗했다. 너무 깨끗해 남의 발을 보는 것 같았다. 부어오른 무릎도 그랬다.

"아이고, 선생님."

말투도 바뀌었다. 어디 얼마나 잘하나 한번 보자는 식이던 표정은 승복으로 변해 있었다. 오직 입으로 때우려 들던 다른 의료인들. 큰소리를 치다가 결국에는 꼬리를 빼던 그들. 통증 조절만 되어도 다행으로 알라며 면피하던 그들과 윤도는 차원이 달랐다.

"베네첵 가져오셨죠?"

넋 빠진 환자에게 윤도가 물었다.

"우리 아들이 가지고 있을 거요."

반말 투도 공손하게 변했다. 정나현이 나가 베네첵을 받아 왔다. 요산 수치를 검사하는 기계이다. 나이가 들면 의심이 많아진다. 그렇기에 마무리는 그에게 맡겼다.

환자가 자기 손가락을 천자했다. 피 한 방울을 떨궈 베네첵 입구로 밀어 넣었다. 잠시 후 디지털 수치가 나왔다.

—4.1mg/dl.

"억!"

환자가 소스라쳤다. 4.1라면 지극히 정상이다. 그는 잠시 말을 잃더니 한 번 더 시도했다.

—4.0mg/dl.

비슷한 수치가 나왔다. 이제는 의심의 여지가 없었다.

"선생님……."

짐승도 은혜를 안다더니 그도 그랬다. 오만을 떨던 전직 고위 관료의 작태는 어디에도 없었다.

"이제 맥주와 고기를 먹고 마셔도 되는 겁니까?"

"예."

"정말입니까?"

"차로 치면 올 수리를 한 겁니다. 뭐든 문제없습니다. 다만 탕약을 3개월 정도 드셔서 기혈을 안정시켜야 하고, 비만, 음주, 육류를 유의하지 않으면 다시 생길 수도 있습니다. 이건 면역이 되는 병이 아니니까요."

"걱정 마십시오. 와인처럼 하루에 딱 한 잔만 마실 겁니다. 운동도 하고 고기도 적당히……."

"그럼 나가보시죠. 테이블 준비가 다 된 것 같던데……."

"지금 마셔도 되는 겁니까?"

"딱 한 잔에 닭다리 하나. 제가 드린 약속이니까요."

"와우!"

이영철은 두 팔을 뻗으며 환호했다.

테이블에는 아들이 기다리고 있었다. 아버지가 윤도와 함께 나오자 아들이 달려와 손을 잡았다. 통닭은 구대홍 아버지의 솜씨였다. 기왕에 온 출장 구이. 직원들에게도 한 마리씩 돌렸다.

"키햐, 이 냄새!"

이영철은 자지러지기 직전이었다. 통풍이 걸리기 전까지만 해도 맥주 마니아이던 그. 그렇기에 목메도록 그리던 치맥이다.

"정말 드셔도 됩니까?"

아들이 윤도에게 물었다. 윤도는 고갯짓으로 대답했다.

"에라!"

아들이 닭다리를 찢었다.

꼴꼴꼴!

찬 맥주도 잔 가득 따랐다.

"드세요. 치료를 축하드립니다."

아들이 맥주잔을 건넸다. 그걸 받아 든 이영철, 목울대가 벌렁거리도록 침을 삼키더니 원샷으로 해치워 버렸다.

"캬아!"

감탄사와 함께 통닭 다리가 들어갔다. 그렇잖아도 갓 구워 낸 장작 통닭. 입안에서 살살 녹았다.

"그래, 이 맛이야, 이 맛!"

눈을 감은 이영철의 표정에서 회한이 사무쳤다. 먹고 싶은 것을 못 먹고 산다는 것. 그건 중병에 못지않은 고통이었다.

하지만 오랜 시간 통풍에 시달린 이영철. 그 자리에서 베네첵을 가동시켰다. 본능 발동이었다.

"우워어!"

결과는 쾌재로 나왔다. 이번에도 4.0㎎/dl이었다.

"야, 너 아버지 등짝 좀 때려봐라."

이영철이 아들에게 등을 내밀었다. 아들은 때리는 시늉만 했다. 손만 닿아도 자지러지던 트라우마 때문이다.

"얌마, 그러지 말고 강 스매싱으로."

철썩!

이영철이 아들 등에 시범을 보였다.

"이렇게요?"

픽!

이영철의 등짝에 불꽃 스매싱이 작렬했다. 그는 비명 대신 파안대소를 터뜨렸다.

"크하핫! 안 아파! 하나도 안 아파!"

퍽!

다시 한번 작렬하는 아들의 스매싱. 이번에는 이영철이 휘청거릴 정도였다.

"야, 너 감정 있지? 이건 아예 폭행이잖아?"

이영철은 인상을 쓰면서도 웃었다. 통풍의 고통이 아니라 일반적인 통증인 까닭이다.

"채 선생님, 고맙습니다! 이거 내 생애 최고의 치맥이었어요! 인생 치맥입니다!"

검증에 재검증까지 마친 이영철이 소리쳤다.

"이제부터 몸 관리 잘하세요."

윤도가 답했다.

"당연하죠. 그런데 이 치맥값은 얼마를 치러야 합니까?"

"저기 구 사장님께 알아서 드리시면 됩니다."

"알아서라?"

이영철이 지갑을 뽑아 들었다.

"에라, 기분이다. 최고의 치맥을 위해 받아주세요."

이영철은 지갑에 든 돈을 몽땅 꺼내 구대홍의 아버지 주머니에 쑤셔 넣고 떠났다.

"선생님, 이거… 돈이 너무 많은데요?"

돈을 확인한 구대홍의 아버지가 울상을 지었다.

"제가 보기에는 대략 맞는 거 같은데요?"

"예?"

"대한민국 최고의 장작 바비큐 셰프시잖아요? 방금 그분, 황제거든요. 황제 신분에 최고의 셰프를 불렀으면 그 정도는 지불해야죠."

윤도가 웃었다. 통풍은 황제의 병. 황제가 주고 간 돈은 200만 원이 넘었으니 치맥 값만큼은 황제다운 지불이었다.

『한의 스페셜리스트』 13권에 계속…

초대형 24시 만화방

신간 100%, 샤워실, 흡연실, 수면실(침대석), 커플석, 세탁기 완비

▪ 광명 광명사거리역점 ▪

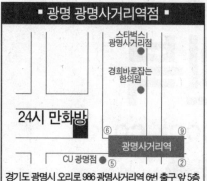

경기도 광명시 오리로 986 광명사거리역 6번 출구 앞 5층
02) 2625-9940 (솔목타워 5층)

▪ 강북 노원역점 ▪

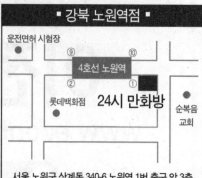

서울 노원구 상계동 340-6 노원역 1번 출구 앞 3층
02) 951-8324 (화용빌딩 3층)

▪ 일산 정발산역점 ▪

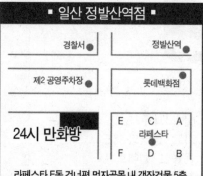

라페스타 E동 건너편 먹자골목 내 객잔건물 5층
031) 914-1957

▪ 일산 화정역점 ▪

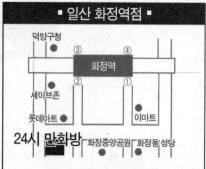

경기도 고양시 덕양구 화정동 984번지 서일빌딩 7층
031) 979-4874 (서일사우나 건물 7층)

▪ 부천 역곡역점 ▪

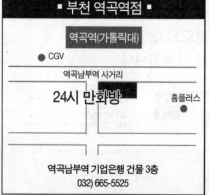

역곡남부역 기업은행 건물 3층
032) 665-5525

▪ 부평역점 ▪

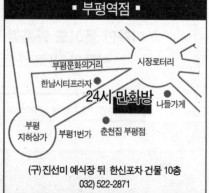

(구)진선미 예식장 뒤 한신포차 건물 10층
032) 522-2871